Ines Thorn

Gierige Naschkatzen

Eva Sandmann, eine Privatdetektivin, die in schlechten Zeiten ihren Lebensunterhalt an der Kasse eines Bio-Supermarktes verdient, soll einen neuen Schokoriegel unter die Leute bringen. Trotz ihrer Skepsis, ob der Riegel wirklich aphrodisierende Wirkung hat, reagieren die Kunden sehr positiv auf das neue Produkt. Aber dann häufen sich die Todesfälle in ihrem Viertel …

Frau Sandmann ermittelt: Der gemeinsame Nenner scheint der Riegel zu sein. Doch es gibt weitere Verstrickungen. Was hat ein Immobilienmakler mit der Markteinführung eines Öko-Aphrodisiakums zu tun? Wer profitiert von solch einem ungewöhnlichen Produkt? Und warum mussten deshalb Menschen sterben?

Ines Thorn, geboren 1964 in Leipzig. Sie arbeitete u. a. als Buchhändlerin, Fotogestalterin, Werbetexterin, Journalistin und Bibliothekarin. 1992 zog sie nach Frankfurt am Main und studierte dort Germanistik und Slawistik. Seit rund fünfzehn Jahren schreibt sie Bücher und hat u. a. vier Bestseller veröffentlicht: *Die Pelzhändlerin*, *Die Silberschmiedin*, *Die Wunderheilerin* und *Die Galgentochter*. Ihr Roman *Der Maler Gottes* über Matthias Grünewald fand in Fachkreisen viel Beachtung. Ines Thorn zählt zu den erfolgreichsten Autorinnen von historischen Romanen. Sie lebt und arbeitet in Frankfurt am Main. www.inesthorn.de

Ines Thorn

Gierige Naschkatzen

Brandes & Apsel

Auf Wunsch informieren wir regelmäßig über unser Programm:
Brandes & Apsel Verlag, Scheidswaldstr. 22,
60385 Frankfurt am Main, Germany
Internet: www.brandes-apsel-verlag.de
E-Mail: info@brandes-apsel.de

1. Auflage 2015

DTP: Caroline Ebinger, Brandes & Apsel Verlag, Frankfurt a. M.
Umschlag und Lektorat: Felicitas Müller, Brandes & Apsel Verlag, Frankfurt a. M.
Druck: STEGA TISAK d.o.o., Printed in Croatia
Gedruckt auf einem nach den Richtlinien des Forest Stewardship Council (FSC) zertifizierten, säurefreien, alterungsbeständigen und chlorfrei gebleichten Papier.

Bibliografische Information der Deutschen Nationalbibliothek:
Die Deutsche Nationalbibliothek verzeichnet diese Publikation in der Deutschen Nationalbibliografie; detaillierte bibliografische Daten sind im Internet über www.ddb.de abrufbar.

ISBN 978-3-95558-107-7

Erstes Kapitel

»Reden wir jetzt gerade über Sex?«, wollte Eva Sandmann amüsiert wissen. Ihr Gegenüber errötete leicht. »Natürlich nicht, Frau Sandmann. Wir reden über die Inhaltsstoffe in einem neuen Nahrungsmittel.«

Sie saßen in der kleinen Personalküche des Supermarkts *Vollkorn*, in dem Eva Sandmann ab und zu aushalf, wenn ihre Einkünfte aus der Privatdetektei wieder einmal nicht für die Miete reichten.

»Was genau ist das für ein Lebensmittel?«

Der Supermarktchef runzelte die Stirn. »Nahrungsmittel, Frau Sandmann, Nahrungsmittel.«

»Ach ja, entschuldigen Sie.« Seit einiger Zeit war man dazu übergegangen, die Produkte hier im Laden nicht mehr als Lebensmittel zu bezeichnen. Zu recht, wie Eva fand, denn in den meisten Sachen waren viel zu große Mengen an Fett, Zucker und Salz enthalten. Selbst im *Vollkorn* konnte man nicht alle Nahrungsmittel als gesund bezeichnen. Nicht, so lange der Zuckeranteil in Fruchtjoghurts bis zu 20 Prozent und im Frühstücksmüsli sogar bis zu 30 Prozent betrug.

»Es ist mehr so etwas wie eine Art Riegel.« Immer, wenn Auer sich aufregte, benutzte er so viele Füllwörter, wie ihm überhaupt nur einfielen.

»Ein Riegel«, wiederholte Eva. »Eiweiß? Schokolade? Getreide?«

»Naja, es ist so ziemlich alles drin. Aber wir werden die ersten sein, die ihn hier verkaufen. Zunächst einmal nur für zwei Monate. Wenn es ein Schnelldreher wird, ordern wir mehr. Wenn nicht, dann nicht. Aber ›Sex sells‹, wie der Kaufmann sagt.«

»Aha. Und dieser Riegel macht Lust auf Sex? Ein Potenzriegel? Mit einer Prise Haschisch darin?«

Konrad Auer seufzte. »Sie machen es mir wirklich nicht leicht, Frau Sandmann. Jetzt halten Sie doch einfach mal den Mund und hören mir zu. Ich bin vom Hersteller verpflichtet, jedem Mitarbeiter und jeder Mitarbeiterin das neue Nahrungsmittel vorzustellen. Sie müssen ja schließlich wissen, was sie hier verkaufen.«

Er stand auf und schaute um die Ecke, aber im Laden gab es um diese Zeit noch nicht viel zu sehen. »Aphrodisiaka«, raunte er.

»Wie bitte?« Eva tat, als hätte sie nicht verstanden.

Auer beugte sich noch ein Stück weiter zu ihr und flüsterte nun lauter: »Aphrodisiaka. Sie wissen doch, was das ist, oder?«

Einen Augenblick lang überlegte Eva, ob sie ihren Chef noch weiter reizen sollte, dann ließ sie es sein. »Natürlich weiß ich, was das ist«, erwiderte sie. »Schließlich bin ich eine anständige Frau.«

»Wie bitte?«

»Ach, nichts. Was genau ist drin? Selleriepulver? Getrocknete Austern? Spargel?«

Jetzt lächelte Auer stolz. »Nein, nein, nichts von alledem. Getrocknete Austern! Wie soll das denn schmecken! Nein, es ist ein Extrakt aus der Tollkirsche. Ein bisschen Atropin, um genau zu sein.«

»Tollkirsche? Ist die nicht giftig?«

Auer wiegelte ab. »Alles ist giftig, es kommt eben nur auf die Menge an. Und selbstverständlich ist der neue Riegel so kreiert, dass er keine gesundheitsgefährdende Dosis enthält.«

»Da bin ich ja wirklich beruhigt«, erwiderte Eva Sandmann ironisch. »Ich weiß nicht, ob Tollkirsche wirklich zu einem aufregenderen Liebesleben beiträgt, aber was ist sonst noch darin?«

»Ein wenig Ingwer – übrigens auch ein Aphrodisiakum –, ansonsten viel Stevia, Nüsse und Kerne, ein bisschen Pseudogetreide, das Übliche eben. Hier, ich habe Ihnen mal einen mitgebracht. Können Sie gerne probieren.«

Er griff in seine Tasche und holte einen schwarzen, länglichen Gegenstand hervor, auf dem mit roter Schrift *Love & 6* prangte.«

Eva Sandmann lächelte. »Ach, und die ›6‹ ist der Tribut ans Kinder- und Jugendschutzgesetz, was?« Sie lachte jetzt herzhaft und so laut, wie sie es immer tat.

Auer stand wieder auf. »Seien Sie doch bitte still. Es muss ja nicht gleich der ganze Laden hören, über was wir hier reden.« Mit einem Ruck schloss er die Tür.

»Über *Love & 6* reden wir – nur über ein Nahrungsmittel. Apropos Jugendschutz. Was ist denn, wenn ein Kind oder Jugendlicher so einen Riegel kaufen will? Müssen wir da nicht einen Riegel vorschieben?« Sie kicherte ein wenig über ihren lahmen Witz.

»Tja.« Konrad Auer kratzte sich am Kinn. »Vom Hersteller gibt es keinerlei Verkaufsbeschränkungen. Aber vielleicht sollten wir trotzdem vorsichtig sein. Wir können den Riegel ja als ›nur für Erwachsene‹ bewerben. Ich wette, das heizt den Verkauf erst richtig an. Im Übrigen kann jeder über das Internet soviel Tollkirsche bestellen, wie er nur will. Vom Samen über die Wurzel bis zu den Früchten ist alles erlaubt. Sogar ein Kind könnte in der Apotheke wässrige Atropinauszüge kaufen, die mehr von dem Gift enthalten als unser *Love & 6* hier.«

Eva Sandmann betrachtete den Riegel eingehend von oben bis unten.

»Und? Wollen Sie nicht probieren?«

Eva schüttelte den Kopf und steckte den Riegel in ihre riesige Handtasche. Dann beugte sie sich zu ihrem Chef und flüsterte: »Sie wollen doch nicht, dass ich auf der Stelle über Sie herfalle, oder?«

Konrad Auer, mit Anfang Vierzig rund zehn Jahre jünger als Eva, verzog den Mund. »Bitte, Frau Sandmann. Am besten gehen Sie jetzt gleich zu Kasse 3. Es wird bestimmt langsam voller bei uns.« Er stand auf und schob seinen Stuhl ordentlich zurück an den Tisch.

Eva erlaubte sich noch ein Grinsen, dann öffnete sie die Tür zum Laden, konnte aber nur zwei ältere Damen sehen, die jedes Stück Obst erst zwischen ihre Finger quetschten, bevor sie es in den Einkaufswagen legten.

»Mach ich, Herr Auer.«

»Und denken Sie bitte daran, die Kunden auf unser neues Produkt hinzuweisen. Einführungspreis nur für diese Woche 5,99 Euro, ab nächsten Montag dann 7,99 Euro.«

»Ganz schön happig«, fand Eva und begab sich hinter ihre Kasse.

Sie mochte die Arbeit im Supermarkt *Vollkorn* recht gern. Nirgendwo ließen sich bessere Milieustudien betreiben als mitten auf der Berger Straße im Frankfurter Szeneviertel Bornheim. Und überdies wurde sie hinter ihrer Kasse noch über das geringste Geschehen in ihrem Stadtteil informiert. Das wiederum half ihr hin und wieder bei den Aufträgen ihrer kleinen Detektei.

Eigentlich hatte sie Juristin werden wollen, am liebsten Staatsanwältin oder Richterin. Vor 25 Jahren war sie zwei Mal hintereinander durch das zweite Jurastaatsexamen gerauscht, so dass sie nicht einmal als Anwältin, sondern nur als Sachbearbeiterin bei einer Versicherung hätte arbeiten können. Aber dazu hatte Eva keine Lust gehabt. Sie konnte sich schwer unterordnen, hielt sich selbst für absolut teamunfähig und hatte auch hier im Supermarkt immer wieder mal Probleme damit, Anweisungen ihres Vorgesetzten zu erfüllen, die sie für falsch hielt. Sie war jetzt Ende Vierzig oder Anfang Fünfzig, das wusste niemand so genau, denn Eva Sandmann hatte die Angewohnheit, sich älter zu machen. Noch vor einem Jahr hatte sie behauptet, 51 Jahre alt zu sein, doch kurz davor war sie noch 49 gewesen, und hin und wieder war es sogar schon vorgekommen, dass sie ihr Alter mit 53 angegeben hatte.

Sie tat das, weil sie zu gern Komplimente hörte. Sie war zwar groß und schlank mit schulterlangen Haaren, die ein schmales Gesicht mit rauchgrauen Augen umrahmten, aber ihre Ausstrahlung war eher kühl, obgleich sie im Grunde ein herzlicher Mensch war. Ihr Liebhaber Gernot hatte sie mal als »Barbara-Rudnik-Typ« bezeichnet, und Eva fand, dass an dieser Behauptung etwas dran war. Wenn sie nun wieder einmal behauptete, sie wäre 53 Jahre alt, dann bekam sie von allen Seiten Komplimente für ihr Aussehen. Und das allein zählte, denn Eva gehörte zu den Frauen, die ganz und gar aufrichtig verkündeten: »Ich möchte bitte belogen werden. Wenn ich mich schlecht und krank fühle, hilft es mir nicht, wenn jemand mir obendrein noch sagt, dass ich schlecht und krank aussehe. Und wenn mich jemand für meine kurzen schwarzen Locken und meine zierliche Gestalt lobt, dann weiß ich zwar, dass es eine faustdicke Lüge ist, aber ich fühle mich trotzdem geschmeichelt. Meiner Ansicht nach wird die Wahrheit überwertet.«

Obwohl diese Eva-Sandmann-Philosophie im krassen Gegensatz zu ihrer Arbeit als Detektivin stand, war sie in ihrem

Beruf erfolgreich. Die meisten ihrer Fälle hatte sie aufgeklärt. Sie hatte den Stoff für Ehedramen mit hinterhältigen Scheidungen geliefert, den letzten Nagel in den Sarg diebischer Angestellter geklopft und war sogar einmal vom Kinderschutzbund dafür ausgezeichnet worden, einen Kinderpornoring, der jedoch nur aus zwei Leuten bestand, entlarvt zu haben. Aber die Zeiten waren schlecht, ihre Dienste wurden nicht ausreichend in Anspruch genommen, um ihren Lebensunterhalt zu finanzieren. Also hockte sie an der Kasse 3 im Supermarkt *Vollkorn* und ließ sich von den älteren Kunden die Welt erklären.

»Morgen, Frau Neumann. Na, ist alles gut?«, fragte sie die Dame, die jeden einzelnen Apfel befingert hatte, bevor sie sich für zwei Birnen entschied.

»Ach, es muss ja, es muss. Ich saach Ihne, Frau Sandmann, de Welt wird net besser. Jetzt stelle Sie sisch ma vor, die junge Leut' in unserem Haus wolle aach schon wieder fortziehe. Dabei wohne se doch noch kaa Jahr bei uns.«

Eva wusste, dass Frau Neumann eines der Mietshäuser auf der Berger Straße gehörte. Und sie wusste auch, dass sie ihre Mieter mit absurden Regeln zur Verzweiflung brachte. So war es zum Beispiel in ihrem Haus nicht gestattet, Sauerkraut zu kochen. »Geh'n Se mir ford mit dem Zeusch. Ich hab im Kriesch lang genuch nur von Sauerkraut gelebt. Schon wenn ich des riesch, werd mer schlecht.« Außerdem gehörte sie der katholischen St. Josefs-Gemeinde an und missionierte mit Vorliebe ihre jungen »gottlosen« Mieter mit Bibelversen und Papiertraktaten.

»Warum ziehen sie den weg, ihre Mieter?«, wollte Eva wissen.

»Des waas isch aach net so genau. Die habbe doch ä klaa Kindsche kriecht. Des war ne Zangegeburt. Ich hab der jungen

Frau gesacht: ›Passense gut uff des Kindsche uff, die Zangegeburte, die wärn net alt.‹«

Eva unterdrückte ein Lachen und wies Frau Neumann auf den neuen Riegel hin: »Da haben wir was, das die Laune hebt, Frau Neumann.«

Die ältere Frau kramte umständlich ihre Lesebrille aus der Handtasche. »Lofe un' 6, was soll des dann sein?«

»Das ist ein Riegel, der ihr Liebesleben in Schwung bringt.« Eva freute sich schon auf die empörte Reaktion der Frau Neumann, doch zu ihrer Überraschung packte die Rentnerin drei Riegel auf das Kassenband. »Wenn dess net wirkt, will isch mei Geld zurück«, drohte sie und verschwand. Die nächste Kundin war eine blutleere junge Frau, die Sojamehl, Tofu und Amaranth auf das Fließband stellte.

»Haben Sie schon unseren neuen Riegel hier probiert?«, fragte Eva und deutete auf den Korb mit *Love & 6*.

Die junge Frau drehte den Riegel misstrauisch in der Hand. »Ist der auch vegan?«, wollte sie wissen.

Eva nickte. »Er ist frei von tierischen Fetten und Eiweißen.«

»Und Gluten? Ist Gluten da drin?«

Eva schnappte sich einen Riegel und las die Zutatenliste. »Quinoa ist drin. Aber das hat ja kein Gluten.«

»Und Zusatzstoffe?«

»Eigentlich nicht. Nur Tollkirsche und Ingwer. Keine Konservierungsstoffe und Aromen.«

»Ist er geschwefelt?« Das Misstrauen war noch immer nicht aus der Miene der jungen Frau verschwunden, und Eva fand, dass *Love & 6* noch eher zu Frau Neumann als zu ihr passte.

»Wissen Sie«, sagte die junge Frau, »ich mache gerade eine Darmsanierung. Meine Zoten waren ganz verklebt.«

Bitte nicht, dachte Eva. Ich möchte wirklich nicht alles wissen.

»Immerzu Durchfall. Ganz dünn. Und manchmal sogar grün.« Die junge Frau nickte bedrückt.

»Ja, naja, dann wünsche ich Ihnen gute Besserung.« Eva wusste absolut nicht, ob sie die richtigen Worte gefunden hatte, aber sie wollte auf gar keinen Fall weitere Einzelheiten über den Darm ihrer Kundin wissen. Also lächelte sie gequält und wünschte der jungen Frau einen schönen Tag.

Der nächste Kunde, dem sie den Riegel anbot, war ein Mann in den besten Jahren. »Sie glaabe doch net, dass isch des nötisch hätt, oder?«

Eva Sandmann schüttelte energisch den Kopf. »Natürlich nicht. Auf gar keinen Fall. Sie sehen nur so experimentierfreudig aus.«

»Ei, da habbe Se recht.« Der Mann schob zwei Riegel auf das Kassenband und zwinkerte Eva dreist zu. Als nächstes kam der Buchhändler Aldo zu ihr an die Kasse, ein bekannter Bornheimer Womanizer. »Ein Liebesriegel? Geil! Pack mir mal zehn davon ein.« Er stutzte einen Augenblick. »Da werde ich gleich morgen nochmal ein Dutzend Exemplare von *Shades of Grey* nachbestellen. Und beim Kauf aller drei Teile gibt es einen Liebesriegel gratis dazu. Das nennt man Synergieeffekt.«

Zum Feierabend hatten sie insgesamt 62 *Love & 6* verkauft, und Konrad Auer rieb sich die Hände. »Gute Arbeit, Frau Sandmann. Zur Belohnung dürfen Sie sich noch einen Riegel mitnehmen.« Er drohte ihr schelmisch mit dem Finger. »Aber übertreiben Sie es nicht. Sie haben morgen Frühdienst.«

Zweites Kapitel

Eva Sandmann zog gerade ihr *Vollkorn*-T-Shirt« aus. Es war weiß und hatte quer über der Brust eine grüne Getreideähre, als ihr Handy klingelte. Es war Gernot, und Gernot war Eva Sandmanns Liebhaber. Besser gesagt, der eine Liebhaber. Gernot war unglücklich verheiratet, hatte schlechten oder gar keinen Sex – Eva wusste es nicht genau –, hatte nicht die Karriere gemacht, die er sich erträumt hatte und wohnte obendrein in einer Stadt, die er nicht mochte.

»Hallo, Sonnenschein!« Eva klemmte sich das Handy zwischen Ohr und Schulter und schlüpfte in ihre hohen Schuhe. »Wie geht es dir?«

»Wir müssen uns treffen. Sofort.«

»Ist etwas passiert?«

»Ja. Hast du gehört? Wir müssen uns auf der Stelle treffen.«

»Ich habe gerade Feierabend.«

»Darum rufe ich ja jetzt an. Hör zu: Wir müssen uns jetzt gleich irgendwo treffen, wo uns niemand kennt.«

Eva fiel auf, dass Gernot das jetzt schon zum dritten Mal gesagt hatte. »Das muss ja wirklich wichtig sein. Was hältst du von dem neuen veganen Café? Dort kennt dich unter Garantie niemand.« Eva musste lächeln, als sie das sagte. Und schon hörte sie auch das verächtliche Schnauben. »Das vegane Café? Ich bin doch keine Butterblume. Aber du hast recht: Dort kennt mich wirklich niemand.«

»In fünf Minuten?«

»In fünf Minuten.«

Eva fuhr sich mit der Bürste durch das Haar, steckte es zu einem lässigen Knoten auf und überlegte dabei, was Gernot haben könnte, aber allzu viele Gedanken machte sie sich eigentlich nicht. Gernot war ein Schwarzseher, der stets das Allerschlimmste erwartete. Jeder Husten wurde in seiner Nähe zum Lungenkrebs, jeder kaputte Auspuff zum Terroranschlag, jeder Ladendiebstahl zur Staatspleite. Sie kannten sich nun schon zehn Jahre, doch manchmal fragte sich Eva, warum sie sich eigentlich mit ihm traf. Sie lachte gern, liebte das Leben, liebte gutes Essen und guten Wein. Eigentlich war sie das genaue Gegenteil von Gernot. Und wahrscheinlich war das auch der Grund, warum es mit ihnen so gut funktionierte.

Früher war Eva mit Gabriel verheiratet gewesen. Ihre Gemeinsamkeiten waren so vielfältig, dass es beinahe erschreckend war. Sie hatten meist dieselben Meinungen, lasen ähnliche Bücher, liebten englische Kriminalfilme und bevorzugten sogar eine ganz bestimmte Sorte Gummibärchen.

Vielleicht hatten sie sich deshalb scheiden lassen. Aber irgendwie hatten sie auch die Trennung nicht so richtig hingekriegt, denn seit der Scheidung war Gabriel Evas zweiter Liebhaber. Sie hoffte, dass Gabriel nichts von Gernot und Gernot nichts von Gabriel wusste, aber beschwören konnte sie es nicht. Eva gefiel ihr Liebesleben, doch Gabriel sprach in letzter Zeit immer öfter davon, dass sie doch ruhig einen zweiten Eheversuch wagen sollten. Diese Möglichkeit erschien Eva jedoch nicht zwingend. Wie gesagt: Ihr gefiel ihr Leben so, wie es war.

Sie legte ein wenig Lipgloss auf und ging durch den Supermarkt nach draußen. Unterwegs schaute sie den Leuten in die Einkaufswagen und versuchte, Rückschlüsse auf deren Person zu ziehen. Da war ein junger Mann, der mit beinahe heiligem Ernst ein Päckchen Sprossen aus dem Regal nahm und es bedächtig in seinen Wagen lud. Er war jung, sah gut aus, und Eva fragte sich, warum ein junger, gut aussehender, recht klug wirkender Mann nicht einfach ein Mädchen küsste, statt sich mit Sprossen sein Abendbrot zu verderben. Natürlich hatte sie keine Ahnung, ob er nicht am Abend ein Mädchen küssen würde, aber Eva kannte ihre Kunden, und sie vermutete, das Abendmädchen, wenn es denn eines gab, war eines von denen, die die Bolognese für die Spaghetti aus Sojaschnitzeln herstellte. Überhaupt war das etwas, was Eva Sandmann nie im Leben verstehen würde: Warum sich manche Menschen vegan ernährten, sich also freiwillig so einschränkten. Lebten sie in solch einem Überfluss, dass sie die Einschränkung von Lebensmitteln dringend brauchten, damit ihre Seele im Gleichgewicht blieb? Hatten sie Spaß am Leiden? Oder ging es wirklich um die Tiere und die Natur? Komisch war nur, dass es auf dem platten Land kaum alternative Supermärkte für Tierfreunde gab. Und irgendwie kamen ihr manche Kunden im Supermarkt ziemlich freudlos vor. Sie unterschied dabei zwei Sorten von Einkäufern. Die eine Sorte Frauen war ungeschminkt, trug bequeme Schuhe, einen praktischen Haarschnitt und war mit dem Fahrrad unterwegs. Ihr Aussehen, fand Eva, war so, dass es auf der Stelle schrie: »Ich gebe mich nicht mit Äußerlichkeiten ab, ich habe Wichtigeres zu tun, ich muss nämlich die Welt retten.« Die andere Sorte war sehr gepflegt, trug Perlenketten und war selbstverständlich dezent geschminkt und mit Designerhandtaschen behängt. Für sie gehörten Biolebensmittel zum luxuriösen Lebensstil dazu. Aber wenn es morgen plötzlich Mode sein sollte, Designerhandtaschen wie Schnitzel zu braten und zu essen, dann würden sie das auf der Stelle tun. Mit der Umwelt hatten sie es auch nicht so sehr. Sie kauften zwar Bio, kamen aber in einem SUV zum Supermarkt gefahren.

Die Männer waren ein bisschen anders, aber nur ein bisschen. Sie trugen oft Kleidung in dunklen Farben – die Frauen übrigens auch. Es schien beinahe, als hätten sie alle Angst vor Rot und Orange oder Himmelblau. Gelächelt wurde selten, dafür pingelig das Wechselgeld nachgezählt. Wenn man schon zu den Guten in der Welt gehörte, musste wenigstens das Rückgeld stimmen. Das konnte man ja wohl verlangen.

Endlich war Eva draußen, streckte unauffällig das Kreuz und schlenderte über die belebte Berger Straße zum veganen Café *tierlieb*. Die Sonne schien schon recht kräftig, obgleich es noch früh im Mai war. Die meisten Cafés und Kneipen hatten ihre Tische und Bänke draußen vor der Tür stehen, und die Leute trugen zum ersten Mal ihre Sommersachen. Eva Sandmann liebte die Berger Straße. Ein Sikh mit rotem Samtturban fuhr auf einem Fahrrad an ihr vorüber, ein junger Mann mit Kippa hielt ein paar Bücher fest unter den Arm geklemmt und rannte damit in Richtung U-Bahn, vor einem Café saßen mehrere ältere Türken und tranken Tee, eine verschleierte Muslima fuhr ihr Baby spazieren, zwei verliebte Frauen hielten sich an den Händen, ein tätowiertes Mädchen mit pinkfarbigen Haaren und einem Schäferhund bettelte, zwei ältere Frauen hielten eine Zeitschrift mit dem Aufdruck *Wachturm* in die Höhe und ein beleibter Herr mit Studienratsgesichtsausdruck wies einen Mann vom Ordnungsamt auf einen Falschparker hin.

Eva überquerte die Straße, sah schon, dass Gernot noch nicht da war, und setzte sich in das Innere des Cafés auf einen schmiedeeisernen, weiß gestrichenen Stuhl, dessen Lehne sich ihr sogleich schmerzhaft in den Rücken bohrte. Sie ruckelte auf dem Sitz hin und her und fragte sich, ob unbequeme Stühle Bestandteil des veganen Lebens waren. Dann sah sie sich um. Weiße Wände, Stuhlkissen in Kindergartenfarben, Licht aus

Energiesparlampen und eine Schultafel auf der mit Kreide die Tagesangebote standen: Nesselsuppe, Löwenzahnsalat, Buchweizenauflauf und Tofuburger. Daneben hing ein schwarzes Brett, über und über von Zetteln zerzaust: Angebote für Achtsamkeitsarbeit, Trommelworkshops und Kochkurse für Kinder, Aufrufe zu Demonstrationen gegen Pelz und Leder, Aufforderungen zum Fastenwandern und zur natürlichen Entgiftung, dazu noch eine Unterschriftenliste gegen die Gentrifizierung Bornheims.

Am Nachbartisch schlürften zwei Frauen in den Dreißigern ein giftgrünes Getränk aus Strohhalmen und unterhielten sich dabei lautstark über die besten Kindertagesstätten hier in der Gegend. »Bei den ›Kleinen Strolchen‹ in der Löwengasse soll es sogar schon Englischunterricht geben«, triumphierte die eine, aber die andere winkte müde ab. »Englisch gibt es jetzt überall. Ich hätte für meine Penelope gern eine Kita mit Fremdsprache und Musikunterricht. Dafür würde ich sogar fahren. Wir sind zwar in der Chinesisch-Kita im Westend angemeldet, aber dort lernen sie nur Blockflöte. Ohne Noten!«

Eva wunderte sich. Wahrscheinlich waren die Kinder dieser Mütter schon im Mutterleib mit italienischen Opernarien und japanischen Haiku beschallt worden, und jetzt mussten sie auch noch chinesisch lernen und währenddessen noch Klavier spielen und würden womöglich niemals wissen, wie es ist, im Sandkasten Kuchen zu backen, auch, wenn sie die dafür nötigen Vokabeln in mindestens drei Sprachen kannten. Sie hatte keine Lust mehr, den beiden Frauen beim Leben zuzuhören und studierte die Speisekarte. Sie hatte Hunger, wie immer nach dem Dienst. Im Café *tierlieb* hatte sie außer den Angeboten auf der Schultafel noch die Wahl zwischen veganen Sandwiches mit Avocadocreme und Tofu, Rote-Beete-Paste mit Cashewkernen, grünen Smoothies oder Linsen-Sellerie-Salat mit Algen. Die Preise waren exorbitant. Das billigste Gericht, ein einfaches Sandwich, kostete 8,99 Euro, das teuerste Sandwich war für 14,99 zu haben. Sie entschied sich gegen eine Sojalatte und für einen schwarzen Kaffee ganz ohne Reis- oder Hafermilch, bestellte für Gernot auch gleich einen, und noch ehe der Kaffee serviert wurde, war Gernot zur Stelle.

»Meine Güte, du bist ja ganz blass«, stellte Eva fest und ließ sich auf beide Wangen küssen. Das war unverfänglich, das tat auf der Berger Straße jeder.

Gernot setzte sich, nahm abwesend einen Schluck vom Kaffee und verzog den Mund. »Selbstgeröstet ist der aber nicht«, stellte er fest.

»Dafür sind die Arbeiter auf den Kaffeeplantagen anständig bezahlt worden, das hoffe ich zumindest«, erklärte Eva. »Was ist nun mit dir? Was ist so eilig?«

Gernot schluckte, und Eva hatte den Eindruck, dass er noch eine Spur blasser wurde. Er drehte sich nach allen Seiten um, entdeckte auch die beiden Übermütter, die sich jetzt über die Unterschiede zwischen Pilates und Yoga ausließen, dann seufzte er noch einmal zum Stein erweichen. »Sandra weiß alles.« Sandra war Gernots Frau.

»Was weiß sie?«

»Ich weiß es nicht. Wir hatten gestern Streit, weil ich so spät nach Hause gekommen bin.«

Eva lehnte sich zurück. »Bei mir warst du nicht.«

»Das ist ja jetzt auch ganz egal. Jedenfalls vermutet sie, dass ich eine Geliebte habe.«

»Hast du ja auch. Ich dachte, das weiß sie längst. Ich dachte sogar, ihr hättet darüber ein unausgesprochenes Abkommen. So nach dem Motto: Ich frage dich nicht, wo du jetzt herkommst und du fragst mich nicht nach den Abrechnungen der Kreditkarte.«

Gernot blickte sie empört an. »So eine Ehe führen wir nicht.« Eva zuckte mit den Schultern. »Aber darum geht es ja jetzt auch gar nicht«, wiederholte Gernot. »Sie hat mir gestern die Pistole auf die Brust gesetzt. Ich sollte sagen, mit wem ich mich treffe, ich sollte sagen, ob ich die andere mehr liebe als sie, ich sollte sagen, was ich von einer Eheberatung halte.«

»Und was hast du gesagt?«, fragte Eva, obgleich sie es schon ahnte.

»Naja, nichts.«

»Irgendetwas musst du doch gesagt haben.«

Gernot wand sich auf seinem Stuhl, wich Evas Blick aus, sah sich hektisch um. »Ich habe gesagt, dass ich keine Geliebte hätte, und wenn sie mir nicht glaubt, dann solle sie doch einen Privatdetektiv engagieren.«

Eva lachte laut auf, dann sah sie Gernots Miene. »Das war jetzt kein Witz, oder?«

Er schüttelte den Kopf.

»Und du hast ihr das Telefonbuch hingelegt oder hattest du gleich meine Visitenkarte zur Hand?« Eva hatte Mühe, sich zu fassen. »Ich kann nicht glauben, dass wir dieses Gespräch führen.«

Gernot breitete die Arme aus. »Was hätte ich denn tun sollen?«, fragte er.

»Das, was dich glücklich macht.«

»Habe ich doch. Du weißt, ich hasse Konflikte. Sie wird dich anrufen, dann machen wir ein paar Termine, bei denen du mich unverfänglich heimlich knipst, du gibst ihr die Bilder und alles bleibt, wie es ist. Beziehungsweise: Alles wird wieder, wie es bisher war. Wir dürfen uns natürlich für ein paar Wochen nicht sehen. Ich werde immer brav Zuhause sein, werde mit Sandra ins Kino gehen, mich mit ihren grässlichen Freundinnen und deren grässlichen Männern treffen, aber nach einiger Zeit machen wir genau da weiter, wo wir heute aufhören.« Er lächelte zum ersten Mal an diesem Nachmittag.

»Und du glaubst, da mache ich mit?« Eva wurde allmählich ärgerlich.

»Warum denn nicht? Es wäre für alle von Vorteil.«

»Vor allem für dich. Hast du mal daran gedacht, dass es meiner Berufsehre widerspricht, für die Frau meines Geliebten zu arbeiten? Also eigentlich gegen mich selbst zu ermitteln?«

»Das ist doch nur pro forma.«

Eva wusste nicht, was sie sagen sollte. Sie betrachtete Gernot und dachte wieder einmal darüber nach, wie schwach und feige doch manche Männer waren.

»Warum lässt du dich nicht einfach scheiden?«, wollte Eva wissen. Sie fragte nicht, weil sie sich ein Zusammenleben mit Gernot erhoffte. Sie wollte einfach nur wissen, warum er unbedingt bei Sandra bleiben wollte, obgleich er sie im Grunde nicht einmal richtig mochte.

Gernot riss die Augen auf. »Ich soll mich scheiden lassen, sagst du?«

»Nein, das sage ich nicht. Du kannst machen, was immer du möchtest. Ich wollte nur wissen, warum du es nicht tust.«

»Wir haben die Eigentumswohnung zusammen gekauft. Alleine kann ich den Kredit nicht abzahlen, wenn ich auch noch für ihren Unterhalt aufkommen muss.«

Eva erhob sich. »Das ist natürlich ein wirklich guter Grund.« Sie kramte in ihrer Tasche, förderte einen Riegel *Love & 6* zu Tage und knallte ihn auf den Tisch. »Da. Für dich. Damit kannst du dein neues Leben mit Sandra einläuten. Alles Gute dabei.«

Sie hängte sich ihre Tasche über die Schulter und verließ das Café *tierlieb*. Im Vorbeigehen sah sie noch, wie eine der

Übermütter unauffällig unter dem Tisch ein paar Geldscheine aus ihrer echten Ledergeldbörse zog, wohl damit die Bedienung sie nicht naserümpfend für diesen Tierfrevel strafte.

Drittes Kapitel

Konrad Auer fühlte sich erschöpft. Ausgelaugt bis auf die Knochen. Er hätte im Stehen schlafen können. Das Licht brannte ihm in den Augen, der Lärm hämmerte in seinen Ohren. Er fühlte sich alt. Uralt. Dabei hatte er gerade erst seinen 42. Geburtstag hinter sich gebracht. Er stand mit seinem schwarzen Geländewagen an der Ampel und schüttelte über sich selbst den Kopf. Wie war es nur soweit gekommen, dass er an manchen Tagen einfach keine Lust hatte, nach Hause zu gehen.

Vor fünfzehn Jahren noch war er ein in sich gekehrter IT-Spezialist gewesen, der zwar keine schwarze Hornbrille trug, aber ansonsten ein lupenreiner Nerd war. Außer seiner Arbeit als Computerspielentwickler in einem internationalen Unternehmen, seinen Computerzeitschriften und dem wöchentlichen IT-Stammtisch gab es nichts, das ihm seine Zeit raubte. Er hatte keine Ahnung von den Charts, wusste weder, welche Filme im Kino liefen noch, welche Bücher gerade gelesen wurden. Er kaufte sich keine neuen Klamotten, so lange er noch eine funktionierende Hose und ein funktionierendes Kapuzenshirt hatte und er ging auch nicht in Restaurants. Ja, meist merkte er nicht einmal, was er gerade aß. Sein Leben war in Ordnung gewesen. Nicht besonders aufregend, aber ein Leben, mit dem man zufrieden sein konnte, bei dem einen niemand groß störte.

Die Ampel schaltete auf Grün, und eigentlich hätte Konrad Auer jetzt links abbiegen müssen, aber aus irgendeinem

Grund schlug er das Lenkrand nach rechts und fuhr geradeaus weiter. Er hatte keine Ahnung, warum er das tat, er wusste nur, dass ihn wenig nach Hause zog. Hier im Auto war es einigermaßen still, sah man von dem üblichen Straßenlärm ab, zu Hause wäre es laut und schrill. Seine beiden Töchter, sechs und zehn Jahre alt, würden kreischen oder heulen, Türen würden knallen und Lena würde versuchen, das Geschrei mit harschen Befehlen zu übertönen.

Konrad Auer fuhr an einer Pizzeria vorbei und merkte, dass er Hunger hatte. Er parkte den Wagen und betrat den Laden. Hier war es still. Nur ein Fernseher lief tonlos und zeigte die neuesten Sportnachrichten. Hinter der Theke hantierte ein Mann mit einem Klumpen Teig, in einer Ecke des Lokals saß ein älteres Ehepaar und kaute schweigend an einer Familienpizza.

»Was darf es denn sein?« Der Pizzabäcker ließ die Teigkugel auf ein Backblech gleiten.

»Äh?« Konrad Auer kratzte sich am Kopf. Wie war er hier hineingeraten? Er aß gar keine Pizza. Nicht mehr, seit er Lena kennengelernt hatte. Pizza, hatte sie ihm erklärt, mache faul, dumm und krank. Er hatte zwar nie richtig verstanden, warum das so war, aber dass es so war, daran ließ Lena keinen Zweifel. Dabei hatte er Pizza früher sehr gern gegessen. Was heißt gern? Er hatte einfach immer Pizza gegessen, weil sie ihm ins Haus gebracht wurde. Meist hatte er beim Essen in einer Computerzeitschrift gelesen und sowieso nichts geschmeckt. Jetzt aber wurde ihm von den köstlichen Düften beinahe schwindelig. »Eine Pizza mit allem, was Sie haben«, bestellte er.

»Mit allem?«

»Ja. Genau. Und doppelt Käse bitte. Sie nehmen doch nicht etwa den veganen Käseersatz, oder?«

»Nein.« Der Pizzabäcker deutete auf einen rechteckigen Kasten, der bis über die Hälfte mit geriebenem Käse gefüllt war. »Ist Gouda. Aber mit allem? Mit Schinken UND Thunfisch?«

Konrad Auer schloss kurz die Augen. »Lassen Sie den Thunfisch weg. Und auch die Krabben und was Sie sonst noch so an Gesundem haben. Und geben Sie mir ein Bier dazu. Ein Hefeweizen.«

Er setzte sich an einen der kleinen Tische, schaute hinaus auf die Straße und kam sich beinahe wie ein Verbrecher vor. Er hatte in den letzten zehn Minuten mindestens ein halbes Dutzend Gesetze gebrochen – und er fühlte sich gut dabei. Gesetze, die er nicht selbst aufgestellt hatte, sondern Lex Lena. »Iss niemals etwas, das nicht Bio ist«, lautete Lenas erstes Gesetz. Und das zweite: »Trink niemals etwas, das nicht Bio ist«. Weitere Gesetze lauteten: »Benutze kein Plastikgeschirr«, »Bier ist etwas für Prolls, wir trinken nur Wein« oder »Meide schlechte Fette und gesättigte Fettsäuren« und »Achte streng auf den Zuckergehalt der Lebensmittel.« Konrad Auer besaß einen Bio-Supermarkt mit einer breiten Palette an veganen, glutenfreien, zuckerfreien, genfreien, fettfreien, lactosefreien, fructosefreien und histaminfreien Lebensmitteln und kannte sich damit beinahe so gut aus wie mit Computerspielen. Aber jetzt, dachte er, und schob trotzig die Unterlippe nach vorn. Jetzt werde ich eine ungesunde, glutenhaltige, zuckerige und vor Fett hoffentlich nur so triefende Pizza essen. Und während er darauf wartete, überlegte er überrascht, welche Wendung sein Leben in den letzten Jahren genommen hatte:

Am Tag nach dem zweiten Weihnachtsfeiertag vor fünfzehn Jahren war er zu seinem IT-Stammtisch gegangen, aber als er dort niemanden vorfand, erinnerte er sich daran, dass der Stammtisch ja wegen der Feiertage ausfiel. Er blieb trotzdem, nicht zuletzt wegen der zahlreichen Computerzeitschriften, die das IT-Café anbot. Er war ganz vertieft gewesen, als der Wirt ihn ansprach: »Hey, Konrad, die Dame braucht Hilfe. Beweg′ dich mal.« Er sah auf – und sah Lena. Nicht, dass es Liebe auf den ersten Blick gewesen wäre. Nein, nicht einmal auf den zweiten. Es war eher so, als hätte sich etwas in sein Blickfeld, in sein Leben geschoben, dem er vorher kaum Beachtung geschenkt hatte: eine Frau. Eine richtige Frau mit langen Haaren und schweren Brüsten, mit Beinen und Po. Sie war ihm so körperlich vorgekommen, so fleischlich, er hatte nicht geglaubt, dass es so etwas überhaupt geben könnte. Ein bisschen erschrocken fragte er: »Ähm, kann ich etwas tun? Für Sie, meine ich?« Er fühlte, dass er rot wurde.

Die junge Frau warf ihr Haar in den Nacken. »Mein Auto ist verreckt. Wahrscheinlich die gerechte Strafe dafür, dass ich wieder einmal die Umwelt verschmutzt habe, obgleich ich auch das Fahrrad hätte nehmen können.«

Konrad hatte zugehört, aber ihre Worte hatten in seinem Kopf keinen Sinn ergeben. Umwelt? Fahrrad? Auto? Er sah nur ihre Haut, die vor Anstrengung ein wenig glänzte, die Brüste, die gegen den Stoff des Pullovers drängten, und er roch ihren Duft. Ein wenig Parfum, ein wenig Raubkatze, ein wenig Frau.

»Könnten Sie vielleicht?«

»Ähm … was?« Konrad wollte gern können, aber wusste absolut nicht was.

»Mein Auto anschieben.«

Er erhob sich, überragte sie beinahe um einen ganzen Kopf, was nicht weiter verwunderlich war, denn Konrad war fast zwei Meter groß und dünn wie eine Wunderkerze.

Er lief hinter der Frau her, als hielte sie ihn an einer Leine. Vor einem kleinen roten Auto blieben sie stehen. »Das ist er.«

Wer?, dachte Konrad, doch dann fiel ihm ein, dass er anschieben sollte. Mit aller Konzentration, zu der er fähig war, bat er: »Vielleicht starten Sie den Wagen erst einmal?«

»Aber das habe ich schon!« Die Frau schüttelte den Kopf, stieg aber doch in das Auto und startete es. Konrad lauschte. Er hatte keine Ahnung von Autos, wohl aber von Elektronik. »Anschieben hilft hier nicht. Hören Sie, wie die Kofferraumklappe brummt? Da schließt was nicht richtig, und ihr Auto versucht es trotzdem die ganze Zeit. Wahrscheinlich hat es die ganze Nacht gestanden, und nun ist die Batterie alle.«

»Aber die ist doch noch ganz neu.« Die Frau stieg aus, bog das Kreuz durch.

»Ja, aber die Kofferraumklappe.«

Sie blinkerte mit den Augen, und Konrad glaubte, sie sähe nicht richtig. »Warum tragen Sie Ihre Brille nicht?«, fragte er. Die junge Frau wurde rot. »Woher wissen Sie, dass ich eine Brille tragen müsste?«

»Sie blinzeln mit den Augen. Das macht man so, wenn man kurzsichtig ist.« Da begann die Frau zu lachen. Ein hoher, reiner, heller Ton, der die schwarze Nacht mit Silber füllte. Konrad hatte keine Ahnung, warum sie lachte. Er stand neben ihr, die langen Arme hingen sinnlos neben seinem Körper, die langen Beine wippten unruhig in den Knien und ihm wurde allmählich kalt.

»Können Sie das reparieren?«, fragte sie.

Konrad hob die Schultern. »Keine Ahnung. Ich weiß nichts über Autos. Nur, dass bei Ihrem die Batterie runter ist.«

»Und was soll ich jetzt tun?«, fragte die junge Frau, und Konrad wunderte sich darüber, dass ihre Stimme mit einem Mal so hoch und piepsig klang. In diesem Augenblick kam der Wirt hinzu. »Es ist die Batterie, nicht? Habe ich bis drinnen gehört. Ich klemme mal mein Überbrückungskabel dran.

Dann müssten Sie wieder fahren können. Nach dem Kofferraum schaue ich ebenfalls.«

»Sie sind mein Retter!« Das Mädchen strahlte den Wirt an, als hätte er gerade eine unglaubliche Leistung vollbracht, die Konrad verborgen geblieben war.

»Und du gehst hinein und gießt der Lady ein Glas Wein ein. Aber nur eines, sie muss ja noch fahren.« Der Wirt schob Konrad ein Stück davon. Der blies die Backen ein wenig auf, wusste nicht, was er tun sollte und wünschte sich ganz dringend nach Hause. Die junge Frau fasste seinen Arm und nahm ihn einfach mit in das IT-Café, als wäre sie dort zu Hause. Nein, nicht nur dort, sondern überall auf der Welt. Und das beeindruckte Konrad tief. Da war jemand, der wusste, was zu sagen und was zu tun war. Jemand, der scheinbar nie erlebt hatte, wie andere Leute ihn mit hochgezogenen Augenbrauen anstarrten und sich fragten, was der Freak da meint, wenn er von binären Codes sprach, und der hilflos dreinblickte, wenn man ihn nach seiner Lieblingsfußballmannschaft fragte.

Wenig später saßen sie einander gegenüber, und Konrad suchte krampfhaft nach einem Gesprächsthema. Eben wollte er sie fragen, mit welchem Computerprogramm sie arbeitete, als sie sagte: »Die braune Cordhose geht gar nicht.«

»Wie?«

»Ihre Cordhose. Die geht gar nicht. Damit sehen Sie ja aus wie ein Grundschullehrer aus den Fünfzigern. Und dazu noch das gelbe Hemd! Wer in aller Welt kauft Ihnen denn Ihre Klamotten?«

Konrad sah an sich herab und konnte nichts Ungewöhnliches entdecken. Die Cordhose hatte er schon lange, und das Hemd hatte ihm seine Mutter zu Weihnachten geschenkt. Er strich mit der Hand über den Stoff. »Es ist ein gutes Hemd.«

»Ja, schon. Aber es hat die falsche Farbe. Und den falschen Schnitt. Die Hemden sind jetzt alle ein wenig enger um die Taille. Zumindest bei den Männern, die sich das leisten können. Figurmäßig, meine ich.«

»Ein Hemd ist ein Hemd«, erwiderte Konrad.

Sie winkte ab. »Und eine Rose ist eine Rose ist eine Rose.«

»Wie bitte? Was haben den Rosen mit meinem Hemd zu tun?« Konrad war jetzt vollkommen verwirrt. Einerseits wünschte er sich, die Frau würde ihm für immer gegenüber sitzen mit ihrer warmen, weichen Fraulichkeit. Andererseits verwirrte sie ihn mit jedem Wort, das sie sprach.

»Ich meine nur, dass die Hose nicht zu ihrem Hemd passt.« Sie stütze die Ellbogen auf den Tisch und blickte ihm in die Augen. Ganz direkt. So, wie es Kinder tun. Offen und ohne Scheu. Konrad hielt das nicht lange aus. Er sah zur Seite und seine Finger zerbröselten den Bierdeckel, ohne dass er es merkte.

»Woher wissen Sie das?« Konrad war vollkommen verblüfft. Noch nie hatte er sich die Frage gestellt, ob ein Kleidungsstück zum anderen passte. Ja, er hatte nicht einmal gewusst, dass es überhaupt eine Frage dazu gab.

»Ich weiß viel vom Leben und über das Leben«, erwiderte die junge Frau selbstbewusst, und in diesem Augenblick verliebte sich Konrad in sie. Er hatte immer nach jemandem gesucht, der etwas vom und über das Leben verstand. Jetzt wurde ihm das klar. Und vielleicht wusste sie sogar noch, wie man ein Leben lebte?

Viertes Kapitel

Der Lehrling öffnete den Laden, und schon kamen die ersten Kunden. Eva hatte keine Lust, den Riegel heute schon wieder wie eine Kostbarkeit anzupreisen. Überhaupt hatte sie heute zu wenigen Dingen Lust. Es kränkte sie einfach, dass Gernot eine Liebschaftspause verkündet hatte, um seine marode Ehe zu retten. Sie hatte gedacht, er wäre ein Mann mit Rückgrat. Stattdessen hatte er gestern regelrecht gewinselt. Nicht sehr erotisch. Sie überlegte, ob sie gleich mit Gernot Schluss machen sollte, aber das wäre eine Trotzreaktion gewesen, und aus dem Trotzalter war sie eigentlich raus.

Das blasse Mädchen kam an die Kasse, hatte nur einen Quinoapudding auf das Band gestellt. Sie war noch blasser als sonst, und ihre Augen wirkten irgendwie trübe. »Na, wie geht es Ihnen?«, wollte Eva Sandmann wissen.

»Ich weiß nicht. Irgendwie ist mir nicht richtig gut. Wissen Sie vielleicht, ob in der letzten Nacht Vollmond war?«

Eva schüttelte den Kopf und betrachtete das Mädchen genauer. Sie hatte auffällig dunkle Ringe unter den Augen, aber wirklich erschreckend waren ihre Pupillen. Riesengroß und schwarz. Ob sie etwas genommen hat?, fragte sich Eva. War jemand, der sich so militant um seine Ernährung kümmerte, überhaupt anfällig für Drogen?

»Vielleicht hat auch ein Flugzeug wieder einmal Kerosin über unserem Stadtviertel abgelassen.« Das Mädchen wirkte wirklich bekümmert und sah sich im Laden um, als suche sie etwas.

Eva nickte.

»Wissen Sie, ich bin sehr umweltempfindlich.« Sie packte mit noch immer besorgt Gesicht ihre Geldbörse umständlich in einen Rucksack und verschwand.

Kaum war sie an der Tür, da hörte Eva eine Art Winseln, und das blasse Mädchen brach zusammen. Eva schmiss die Kasse zu und stürzte zu ihr. Das Mädchen hatte die Augen geschlossen, die Lider flatterten, und als Eva ihr den Puls fühlte, da spürte sie fast nichts.

Auch Konrad Auer kam angerannt. »Was ist hier los?«, wollte er wissen.

»Sie ist zusammengebrochen. Rufen sie einen Krankenwagen.«

Auer trat von einem Bein auf das andere. »Meinen Sie nicht, Frau Sandmann, dass es ein schlechtes Bild auf den Laden wirft, wenn sie hier einfach so zusammenbricht?«

Eva riss die Augen auf. »Was sollen wir denn Ihrer Meinung nach mit ihr machen? Soll ich sie mir über die Schulter werfen und vor einem Discounter ablegen?«

»Nein, das wohl nicht.« Endlich zückte Auer sein Handy, und Eva bugsierte das Mädchen in die stabile Seitenlage. »Hören Sie mich?«, rief sie. »Versuchen Sie, wach zu bleiben. Hilfe ist unterwegs.«

Das Mädchen blickte Eva an, sah ihr direkt in die Augen, direkt ins Herz, dann raunte sie: »Glauben Sie, dass es im Himmel die Liebe ohne Leid gibt?«

Eva wollte sagen: Denken Sie doch nicht soetwas, doch der Blick war so dringlich, die Frage so drängend, dass Eva schließlich nickte und antwortete: »Dann wäre es ja nicht der Himmel.«

Das Mädchen lächelte dünnlippig und blass, dann schloss sie die Augen. Ihre Glieder wurden schlaff, das Gesicht entspannte sich, wurde weich und zufrieden. Und Eva hielt ihre schlaffe Hand, wollte sie festhalten, festhalten im Leben, aber es war zu spät.

Um sie herum hatte sich ein Kreis von Neugierigen gebildet. Frau Neumann vermutete lautstark, dass das Mädchen ganz sicher schwanger sei. »Un' bei all dem vegane Zeuschs, da kann einem ja schon schlecht wärn, wenn man net schwanger is'.«

»Ähm, Frau Sandmann, die Kasse habe Sie ja wohl abgeschlossen, oder?«, wollte Auer wissen, aber Eva antwortete ihm nicht. Sie fühlte sich wie im luftleeren Raum, allein mit dem Mädchen, dessen Hand sie noch immer hielt. Eine Träne stieg in Eva auf, doch sie bemerkte sie erst, als sie auf die Wange des Mädchens tropfte. Behutsam strich Eva über das blasse, blutleere Gesicht.

Endlich kam der Notarztwagen, endlich wurde der Defibrillator ausgepackt. Als sich das Mädchen unter den Stromstößen aufbäumte, schaute Eva weg und sah, wie Konrad Auer – scheinbar vollkommen ungerührt von der Tragödie – die neuen Riegel als Turm vor der Kasse aufschichtete.

»Nichts mehr zu machen. Sie ist tot. Sind Sie hier zuständig?«

»Bitte?« Eva wollte gerade auf Konrad Auer zeigen, aber in diesem Augenblick schwankte der Supermarktchef und rutschte schließlich vor dem Berg mit den Liebesriegeln auf den Boden.

Der Notarzt deutete auf das Mädchen. »Sie ist tot. Wir können sie nicht mitnehmen.« Dann sah er sich nach Auer um. »Ihnen ist der Kreislauf abgeschmiert? Warten Sie, ich geben Ihnen etwas.« Er wühlte in seiner Tasche, zog eine Spritze auf.

»Wie? Woran ist sie denn gestorben?« Auer, totenbleich, ließ sich mit geschlossenen Augen die Spritze setzen.

Der Notarzt zückte einen Totenschein. »Ich weiß es nicht. Der Staatsanwalt muss kommen. Er muss immer kommen, wenn die Todesursache unklar ist. Vielleicht haben Sie eine Decke?«

Eva schluckte. »Sie hat gesagt, sie wäre umweltempfindlich.« Ihre Stimme klang rau und ungewohnt dunkel.

Der Lehrling brachte die Decke, und der Notarzt breitete sie sanft über das tote Mädchen. »Sie sollten den Laden schließen.«

Eva nickte, warf noch einen letzten Blick auf die junge Tote, dann scheuchte sie die Kunden aus dem Markt. »Ich muss aber noch die Riggl zahle«, quengelte Frau Neumann. »Die sind nämlich was ganz beson'eres.« Eva war verblüfft über soviel mangelnde Pietät. Sie stopfte der Neumann die beiden Riegel in die Tasche und schob sie regelrecht zur Tür. Dann verschloss sie den Supermarkt. Auer hatte sich aufgerappelt, stand mit halboffenem Mund und noch immer extrem blass vor seinem eingestürtzen Riegelturm und wollte gerade etwas sagen, doch Eva kam ihm zuvor: »Sie sollten sich vielleicht ein wenig hinlegen. Ich habe gar nicht gewusst, dass Sie so sensibel sind. Soll ich Ihnen ein Glas Wasser holen?«

Sie hatte es mitfühlend gemeint, doch Auer schnappte: »Meine Seelenlage geht Sie gar nichts an. Sorgen Sie lieber dafür, dass der Laden hier bald wieder läuft.«

Der Staatsanwalt kam, und ein Polizist vom Bornheimer Revier, den jemand verständigt hatte. Sie fragten Eva nach der jungen Frau, nach ihren Einkäufen, ob ihr die Angehörigen bekannt wären. Dann wurde die Leiche in die Gerichtsmedizin gebracht. Den Rucksack des Mädchens nahm der Polizist mit.

Der Lehrling wollte den Boden wischen, doch Auer, der sich vorsichtshalber noch immer mit einer Hand am Kühlregal festhielt, hinderte ihn daran. »Wir haben genug Zeit verloren. Wir öffnen umgehend wieder. Es ist ja schließlich kein Blut geflossen.«

Der Laden war so gefüllt wie nie. Die Leute standen in Trauben beieinander und sprachen über das Mädchen. Auch Frau Neumann hatte sich wieder eingefunden und ungeniert behauptet, sie hätte ja heute Morgen nicht einkaufen können. Eva lauschte den Gesprächen, ohne sich zu beteiligen. Sie erfuhr, dass das Mädchen Sophie geheißen und soziale Arbeit studiert hatte. Eine Nachbarin weinte haltlos und erklärte, die junge Frau müsse krank gewesen sein, was kein Wunder wäre, da sie ja niemals ausgegangen war und auch nur einen einzigen Besucher empfangen hatte. Zumindest noch vor Wochen. Aber in der letzten Zeit war sie nur noch alleine gewesen. Nach zwei Stunden erzählten die, die dabei gewesen waren, den Neuankömmlingen noch immer von der Tragödie, und Eva hatte Mühe, nicht laut aufzuschreien. Sie kassierte, dachte dabei aber unablässig an Sophie. Woran war sie gestorben? Wie konnte es überhaupt sein, dass eine so junge Frau so einfach starb? Sie kannte sie nicht besonders gut, eigentlich gar nicht, aber sie fühlte sich ihr irgendwie verbunden, ohne sich erklären zu können, woran das lag. Vielleicht daran, dass sie sich in den letzten Minuten ihres Lebens so nahe gewesen waren. Vielleicht war es aber auch die dringliche Frage, die Eva beschäftigte. Gibt es im Himmel Liebe ohne Leid?

Konrad Auer hockte in seinem Büro und starrte auf den Computerbildschirm. Er addierte die Verkäufe der Riegel vom gestrigen Tag zu den Verkäufen von heute und schnaufte zufrieden, als die elektronische Kurve einen steilen Aufwärtstrend aufwies. Der Umsatz war trotz des Desasters vom Vormittag nicht eingebrochen, und das hätte ihn eigentlich froh stimmen sollen, doch heute war in ihm kein Platz für Frohsinn.

Trotzdem hatte er Pläne – große Pläne – und nichts und niemand sollte ihn daran hindern, diese Pläne in die Tat umzusetzen. Gott oder wer sonst war eindeutig auf seiner Seite. Das hatte er gerade wieder einmal bewiesen. Natürlich fand Auer den Tod des jungen Mädchens bedauerlich, aber Menschen starben nun einmal. Das zumindest betete er sich vor wie ein Mantra, aber das dumpfe Gefühl von Schuld und Trauer hatte sich schon in seinem Magen eingenistet. Wie sie dagelegen hatte. So zart und bleich wie ein Kind. Er hätte am liebsten geweint, doch dafür hatte er jetzt keine Zeit. Menschen sterben nun einmal, dachte er wieder. Er mochte es nur nicht, wenn sie das in seinem Supermarkt taten. Und im Grunde hatte er sie ja überhaupt nicht gekannt. Jedenfalls nicht richtig. Er gab den Sicherheitscode in den Computer ein, fuhr ihn herunter und steckte ein paar Unterlagen in seine Umhängetasche. »Ich habe einen Termin«, erklärte er Eva, die noch immer an der Kasse saß. »Ich glaube nicht, dass ich heute noch einmal zurückkomme. Bitte schließen Sie den Laden ab und bringen Sie das Geld zur Bank. Ich überprüfe die Abrechnung morgen früh.«

Eva nickte. Dann kassierte sie weiter und immer weiter und dachte dabei unentwegt an Sophie. Sie nickte, wenn die Kunden etwas zu ihr sagten. Sie lächelte, bis ihr die Kiefer wehtaten, dann schloss sie den Laden ab, legte die EC-Karten-Belege in eine besondere Hülle, tütete das Geld ein und schickte den Lehrling damit zur Bank und anschließend nach Hause. Sie schloss das Wechselgeld in den Tresor, der in Auers Büro stand, dann setzte sie sich, plötzlich kraftlos, auf seinen Schreibtischstuhl und starrte vor sich hin. Ein Mädchen war gestorben, und die Welt drehte sich einfach weiter. Die Leute kauften Milch und Brot, redeten über das Wetter und das Fernsehprogramm, berichteten über neue Läden, die in der letzten Zeit auf der Berger Straße eröffnet worden waren, aber nur die wenigsten fragten, warum ein junger Mensch einfach so starb. Ob sie krank gewesen war?, überlegte Eva Sandmann. Nein, so hatte sie nicht ausgesehen. Blass, bekümmert und müde. Aber nicht wirklich krank. Irgendwie einsam. Einsam und traurig. Nein, nicht traurig. Das war der falsche Begriff. Wehmütig vielleicht. Melancholisch. So, als hätte sich der Tod schon vor einer ganzen Weile in ihr festgesetzt, und ihr blieb nichts weiter, als auf sein Eintreten zu warten. Eva seufzte. Sie ahnte, sie würde die ganze Nacht nicht schlafen können, bis sie wusste, woran das Mädchen gestorben war. Sie zog sich ihre Strickjacke über, nahm ihre Tasche und verließ den Supermarkt *Vollkorn* durch den Hinterausgang. Die Tagesschau war lange vorbei, der Spielfilm hatte angefangen, und trotzdem war die Berger Straße belebt. Paare schlenderten Hand in Hand zum Bergerkino. Der Buchhändler räumte seine Auslagen ein, im Geschenkelädchen wurden Kartenständer hin- und hergeschoben. Die Cafés waren voll, die Cocktail-Happy-Hour war in vollem Gange. Aus der U-Bahnstation quollen Banker in gut geschnittenen Anzügen, ein Obdachloser bettelte um Geld, und vor dem Uhrtürmchen spielte ein Mann auf einer Klarinette. Eva hätte nach Hause gehen sollen, aber sie konnte nicht. Sie wusste, sie würde in ihrer Wohnung hocken und an Sophie denken. Es war nicht so, dass sie besonders sentimental war, wenn es um den Tod ging. Aber es bestürzte sie, dass das Leben einfach so weiter ging, dass alle schon nach ein paar Stunden so taten, als wäre nichts geschehen, als hätte nicht gerade jemand das Leben verloren. Sie lief die Spessartstraße entlang und starrte auf das Fenster eines Hauses, hinter dem eine Kerze brannte. Eine einzelne Kerze an einem hellen Maiabend. Eva wollte glauben, dass diese Kerze für Sophie brannte. Sie wollte, dass noch irgendjemand an das Mädchen dachte.

Fünftes Kapitel

Allein in der Dunkelheit und in der Geborgenheit seines Autos hätte Konrad Auer endlich trauern können. Doch die Tränen flossen nicht, der Knoten in seiner Brust wollte sich nicht lösen, fühlte sich noch immer so dumpf und schwer an, dass er kaum atmen konnte. Auer dachte an das Mädchen. Er wusste nicht, was sie ihm bedeutet hatte, hatte es vorher nicht gewusst und wusste es auch jetzt nicht, aber sie war da gewesen, war in seinem Leben gewesen. Er saß in seinem Auto vor dem Haus, in dem er wohnte, doch er konnte noch nicht hinaufgehen. Er zündete sich eine Zigarette an, stieg aus, verbarg sich in einer Hausnische, damit Lena nicht sehen konnte, dass er rauchte, falls sie zufällig aus dem Fenster schaute. Dann warf er die Kippe in den Rinnstein, steckte sich ein Pfefferminz in den Mund und begab sich in seine Wohnung. »Ich bin zu Hause«, rief er, legte die Schlüssel auf ein kleines Sideboard im Flur, aber niemand reagierte. Aus dem Kinderzimmer drang empörtes Geschrei: »Mama, die Marie-Terese hat mir meinen Bleistift weggenommen.«

»Gar nicht. Sie lügt. Ich habe ihn mir nur ausgeborgt«, war als nächstes zu hören.

»Anna-Amalia, du hast eigene Bleistifte«, rief Lena aus der Küche. Sie kam in den Flur, trocknete sich die Hände an einem Küchentuch ab und sah ihren Mann. »Ach, da bist du ja. Du kannst gleich mal die Nudeln abschrecken und die Tomaten häuten. Es gibt Spaghetti.«

Auer nickte stumm und begab sich in die Küche. Er hätte jetzt gern einen fourfingers Whiskey getrunken, so wie in den amerikanischen Filmen, die er so mochte, aber Lena hätte dies nicht geduldet. Also häutete er die Tomaten, lauschte dabei auf das Geschrei der Kinder, und war heilfroh, als das Abendessen vorüber war, die beiden Mädchen endlich in ihren Betten lagen und er sich ein Glas Wein einschenken konnte. Lena ließ sich auf das Sofa fallen, pustete eine Haarsträhne aus der Stirn. »Wir müssen uns unterhalten«, sagte sie.

»Jetzt?« Auer verzog das Gesicht. Gleich begann die Fernsehserie »Luther« mit einem seiner Lieblingsschauspieler Idris Elba. Er hatte Ablenkung bitter nötig.

»Wann denn sonst? Du bist ja nie da.« Lena klang vorwurfsvoll, aber das war meistens so. Konrad hatte inzwischen begriffen, dass er sie enttäuscht hatte. Er wusste nicht, womit, nur, dass es so war. Dabei hatte er sich so bemüht. Als sie zusammengekommen waren, hatte er sich klaglos neu einkleiden lassen, hatte aufgehört zu rauchen und begonnen, sich zuerst nur von Bioprodukten und nun auch noch meist vegetarisch zu ernähren. Er hatte die Computerspiele aufgegeben, weil Lena meinte, sich Spiele auszudenken, das wäre kein Beruf für einen Mann. Also hatte er auf ihr Anraten hin den Supermarkt *Vollkorn* eröffnet und sorgte seit der Geburt von Marie-Terese allein für den Unterhalt der Familie. Und das nicht gerade schlecht. Lena fuhr ebenfalls ein großes Auto, trug teure Designermode, und die Kinder bekamen Klavier- und Ballettunterricht und gingen auf eine Privatschule, weil Lena verhindern wollte, dass sie sich schon in jungen Jahren mit den Problemen der Unterschicht auseinandersetzen mussten. So jedenfalls hatte sie es begründet, und noch hinzugefügt, dass sie selbstverständlich eine optimale Förderung ihrer beiden Töchter wollte und das war nun einmal an staatlichen Schulen, die nicht einmal überall Blockflötenunterricht anboten, einfach nicht zu machen. Es erstaunte Konrad Auer noch immer, dass Lena über die Töchter sprach, als wären sie etwas, das man besitzen konnte. Auch über ihn sprach sie so, er hatte es selbst gehört. Sie sagte »mein Mann«, und es klang, als sagte sie »mein Auto« oder »meine Perlenkette«. Es hörte sich irgendwie materialistisch an, und manchmal störte ihn das.

Er wusste auch nicht, ob er ein guter Vater war. Er liebte die beiden Mädchen, aber ihm schien, auf eine andere Art, als Lena es tat. Manchmal fühlte er sich, als wäre er der Bruder der beiden, und sie hatten alle drei einen gemeinsamen Feind, nämlich Lena.

»Worüber willst du mit mir reden?«, fragte er und setzte sich aufrecht hin.

»Wir müssen in die Schule und mit Marie-Tereses Klassenlehrerin sprechen.«

»Hat sie etwas angestellt?«

»Natürlich nicht. Aber es kann einfach nicht sein, dass sie jetzt in zwei Mathearbeiten hintereinander immer nur eine Drei bekommen hat. Schließlich habe ich stundenlang mit ihr geübt. Ich denke, die Lehrerin hat etwas gegen sie. Oder sie unterrichtet einfach nicht so, wie es für Marie-Terese angemessen wäre. Jedenfalls liegt es nicht an dem Kind.«

»Und das willst du der Lehrerin sagen?«

»Selbstverständlich. Und du musst mit. Wenn sich beide Eltern einfinden, ist die Lehrerin erstens in der Minderheit, und zweitens demonstrieren wir so, dass wir uns mit voller Kraft für unsere Töchter einsetzen. Also. Morgen Nachmittag um 14 Uhr habe ich uns für die Sprechstunde eingetragen. Es dürfte ungefähr eine Stunde dauern.«

Auer hätte gern geseufzt, aber er hatte Angst, dass Lena ihm das als Desinteresse an seinen Kindern ausgelegen würde.

Deshalb erklärte er betont munter: »Natürlich komme ich mit. Ich werde pünktlich um zehn vor zwei vor der Schule sein.«

»Zehn nach zwei.«

»Wieso? Ich denke, wir haben für 14 Uhr einen Termin?«

»Ja, aber die Lehrerin soll gleich zu Beginn merken, dass wir nicht gewillt sind, nach ihrer Pfeife zu tanzen.«

Das verstand Auer nicht, aber das musste er auch nicht verstehen, denn es reichte ja, wenn Lena wusste, was sie da tat.

»Bist du weiter gekommen?« Lena goss sich ein zweites Glas Wein ein. »Hast du gemacht, was ich dir gesagt habe?«

»Ja. Natürlich. Ich war bei den Immobilienmaklern und habe gesagt, dass wir ein Mietshaus in Bornheim suchen. Aber davon gibt es eben nicht so viele. Die Leute wollen in diesen unsicheren Zeiten eher Häuser kaufen als verkaufen.«

»Mein Gott, du lernst es nie!« Lena stöhnte auf. »Was willst du denn bei einem Immobilienmakler? Die zocken uns doch nur ab. Du solltest zum Grundbuchamt gehen und schauen, wem die Häuser auf der Berger Straße gehören.«

»Und dann?«

»Tja, dann musst du zu den Leuten gehen und zusehen, dass sie dir ihre Immobilie verkaufen.«

Konrad Auer setzte sich auf. »Und du denkst, dass das so einfach ist, ja? Ich gehe dorthin, nenne meinen Namen und einen Preis, und die Sache ist geritzt.«

Wieder stöhnte Lena auf, blickte ihn besorgt und verächtlich an. »Du lernst es wirklich nie, nicht wahr?«

»Nein, wahrscheinlich nicht.«

»Also, noch einmal.« Lena sprach mittlerweile im Grundschullehrerinnenton. »Du findest heraus, wem die Häuser gehören, und welche nicht von einer Hausverwaltung betreut werden. Dazu musst du deinen Hintern vielleicht sogar einmal IN die Häuser hinein bequemen. Dann erklärst du, du wärst von den Stadtwerken und willst die Heizung überprüfen. Du weißt ja, ab diesem Jahr gelten neue Regeln. Alle Heizanlagen, die über dreißig Jahre alt sind, müssen erneuert werden. Du erzählst den Eigentümern ganz genau, welche horrenden Kosten auf sie zukommen, und dann machst du ihnen ein Kaufangebot.«

»So einfach, ja?«

»Ja, so einfach. Julia und Fabian haben auf der Leipziger Straße in Bockenheim dasselbe gemacht.«

Konrad lächelte schief. »Soweit ich weiß, haben unsere Freunde damit keinen Erfolg gehabt. Und außerdem wissen die Leute, dass ich das *Vollkorn* betreibe und nicht von den Stadtwerken komme.«

Lena wischte mit der Hand durch die Luft. »Darum geht es jetzt nicht. Wir müssen uns einfach geschickter anstellen als Julia und Fabian. Dafür sorgst du. Und überhaupt: Hattest du nicht schon ein Projekt an der Hand? In der Mainkurstraße?«

Auer schluckte schwer. »Spessartstraße. Das hat sich zerschlagen.«

»Und warum?«, fragte Lena.

»Die Besitzerin ist gestorben.«

»Das ist doch gut, dann kannst du gleich mit den Erben reden. Erzähle denen, welche Kosten auf sie zukommen. Tu so, als hättest du Ahnung oder suche dir jemanden, der wirklich Ahnung hat. Da muss doch was zu machen sein.«

Sie trank den letzten Schluck Wein, stand auf, strich sich ihren Rock glatt. »Ich muss noch meine Yogaübungen machen«, erklärte sie und verließ das Zimmer. Eigentlich hätte Konrad nun wenigstens noch den Rest seiner Serie ansehen können, doch die Lust dazu war ihm vergangen. Wie Lena sich das vorstellte! Rotzfrech und dummdreist in die Häuser der Leute zu gehen und ihnen was vom Pferd zu erzählen. Er glaubte nicht, dass so etwas funktionieren würde, und er hatte auch keine Lust dazu. Auf dem Supermarkt lag noch ein Kredit, der abbezahlt werden musste und außerdem wusste Konrad auch nicht, wozu sie eine Immobilie brauchten. Ja, ja, Julia und Fabian. Die redeten davon, dass Frankfurt zu einem Slum verkommen ist, und man nur noch im Vordertaunus seine Kinder artgerecht aufziehen könnte. Aber ihm gefiel es in Bornheim. Und eigentlich wollte er auch nicht, dass Marie-Therese und Anna-Amalia eines Tages zu denselben Snobs heranwachsen würde wie ihre Mutter einer war.

Er goss sich noch ein Glas Wein ein und dachte wieder an das Mädchen Sophie, das heute im Supermarkt gestorben war. Eigentlich hatte er den ganzen Tag an sie gedacht. Sie lag wie ein Schmerz unter seiner viel zu dünnen Haut, hockte als schriller Ton in seinen Ohren und als schwarzes Loch in seinem Herzen. Und nun, unter der Obhut von drei Gläsern Wein, begann Konrad Auer endlich zu weinen. Die Tränen strömten über sein Gesicht, rüttelten an seinen Schultern und brachten seine Lippen zum Zittern. Er krümmte sich auf der Couch zusammen wie ein Baby und fühlte sich einsam, mutterlos und gottverlassen.

Sechstes Kapitel

Am nächsten Morgen erwachte Eva spät. Sie musste erst am Mittag im Supermarkt sein. Eigentlich hatte sie eine Menge Arbeit, die Steuer musste gemacht, die Betten überzogen werden. Und doch griff sie noch vor dem Frühstück zuerst nach dem Telefon. Sie rief in der Gerichtsmedizin an, verlangte nach Frau Dr. Wöhler. Sie kannten sich noch aus dem Studium, denn Martina Wöhler hatte nicht nur Medizin, sondern obendrein noch Jura studiert, genau wie Eva. Nur, dass Eva zwei Mal durch das Staatsexamen gefallen war, während Martina Wöhler mit Bravour bestanden hatte.

»Geht es dir gut?«, fragte Eva, als sie Martina am Telefon hatte.

»Ja. Und dir?«

»Naja. Ich mache mir Gedanken um das tote Mädchen von gestern. Sophie Dunkel. Wisst Ihr schon, woran sie gestorben ist?«

»Nicht genau. Aber sie hatte eine ungeheure Menge Atropin im Blut.«

»Atropin?«

»Ja. Eigentlich stirbt man daran nicht. Zumindest nicht sofort. Aber sie war außerdem noch ein bisschen blutarm, aber das sind viele in dem Alter. Ansonsten war sie gesund. Ich tippe mal, dass sie ein Aneurysma im Kopf hatte. Das ist geplatzt und sie hatte eine Art Schlaganfall.«

»Aber das ist doch nicht normal, oder? Ich meine, ein Schlaganfall in dem Alter?«

»Naja, bei einer Schilddrüsenunterfunktion kann bei seelischem und körperlichem Stress der Druck auf das Gehirn steigen. Aber soweit ich weiß, litt sie nicht darunter.«

»Kann auch Atropin die Ursache dafür sein?«

»Eigentlich nicht.«

»Ihr Tod hatte also eine natürliche Ursache?«

»Ehrlich gesagt, ich weiß es nicht genau. Ich bin mit der Obduktion noch nicht ganz fertig und überhaupt darf ich dir gar keine Auskunft geben. Also warum willst du das alles unbedingt wissen?«

»Das«, erwiderte Eva, »weiß ich auch nicht so genau. Aber ich kannte sie. Sie ist vor meinen Augen gestorben. Ich habe ihre Hand gehalten. Irgendwie fühle ich mich dadurch ein wenig verantwortlich.«

»Das ist Quatsch, und das weißt du. Das Mädchen wäre an jedem anderen Ort auch gestorben. Ich wette, du vermutest ein Verbrechen.«

»Eigentlich nicht. Aber es ist doch nicht normal, dass ein so junger Mensch stirbt.«

»Was ist schon normal?«, fragte Martina Wöhler gleichmütig nach. »Ich rufe dich an, wenn ich etwas finde, das du wissen solltest.«

Sie legte auf, duschte, überzog die Betten, las die Zeitung und dann machte sie sich auf den Weg zum Supermarkt. Unterwegs ging sie wieder an dem Haus in der Spessartstraße vorbei, und wieder brannte die Kerze im Fenster. Sie blieb stehen, schaute dort hinauf. Plötzlich ging die Haustür auf und eine Frau im mittleren Alter kam heraus. »Suchen Sie was?«, fragte sie misstrauisch und beäugte Eva von oben bis unten.

»Ich würde gern wissen, warum die Kerze dort im Fenster brennt«, erwiderte Eva.

Wieder betrachtete die Frau Eva von oben bis unten. »Ich kenne Sie doch«, stellte sie fest.

»Vielleicht aus dem Supermarkt?«

»Ei, genau, Sie sind die von Kasse 3. Naja, dann kann ich Ihnen ja sagen, was hier los ist. Das Mädchen ist gestorben. Die Kleine, Blasse. Dort hat sie gewohnt. Und jetzt ist ihr Bruder da und räumt die Wohnung aus. Oder was er sonst da oben so macht. Ich muss jetzt weiter.« Die Dame wandte sich ab und marschierte davon.

Eva überlegte nicht lange und drückte auf die Klingel, die zu der bezeichneten Wohnung gehörte. Der Name Dunkel stand darauf. Der Summer ertönte, und sie betrat das Haus, stieg die Treppen hinauf. In der offenen Tür, hinter der wohl die Kerze brannte, stand ein blasser junger Mann, dem der lange Pony in die Stirn fiel.

»Ja?«, fragte er.

Eva verharrte auf dem letzten Treppenabsatz. Was sollte sie sagen? »Ich … ich … äh … kannte Ihre Schwester. Ich war dabei, als sie starb. Es tut mir sehr leid, dass sie tot ist.«

Der junge Mann warf sein Pony zurück. »Kommen Sie doch herein. Sophie kannte nicht viele Leute. Es ist schön, dass jemand nach ihr fragt.«

Eva folgte ihm in die Küche und setzte sich.

»Tee oder Kaffee?«

Eva blickte auf ihre Uhr. Eigentlich hatte sie keine Zeit, hier zu sitzen, in fünf Minuten musste sie auf der Arbeit sein. »Tee, bitte.«

Der junge Mann setzte sich, reichte ihr über dem Tisch die Hand. »Milan Dunkel heiße ich.«

Eva stellte sich vor, dann fragte er: »Woher kannten Sie meine Schwester? Ich frage nur, weil sie sehr zurückgezogen gelebt hat.«

»Aus dem Supermarkt. Sie kaufte immer bei uns ein. Sie schien mir ein wenig einsam und melancholisch zu sein.«

»Ja, das war sie. Allerdings hatte sie sich in der letzten Zeit verändert. Ist Ihnen das auch aufgefallen?«

Nein, das war es nicht, aber Eva nickte trotzdem. »Sie hatte eine Darmsanierung, soviel ich weiß.«

»Ja, das auch. Aber ich vermute, sie hatte einen Liebhaber. Eigentlich hatte ich erwartet, dass sie das froh und ein bisschen unbeschwerter machen würde, aber so war es nicht. Ganz im Gegenteil. Wissen sie etwas darüber?«

Eva schüttelte den Kopf. »Nein, ich weiß nicht, wer der Mann war. Sie hat nicht darüber gesprochen.« Das war nicht gelogen.

Der Mann nickte, und dabei fiel ihm wieder sein Pony ins Gesicht. Er stand auf. »Ich habe keine Ahnung, wann ich sie beerdigen kann. Die Obduktion ist noch nicht abgeschlossen. Aber Sie kommen doch, oder?«

Eva nickte. Sie hatte das eigentlich nicht vorgehabt, aber sie konnte dem traurigen jungen Mann keinen Korb geben. Außerdem war sie der letzte Mensch gewesen, den Sophie gesehen und gespürt hatte.

»Vielleicht wollen Sie sich noch ein Andenken an Sophie aussuchen? Ich bin nur noch heute und morgen hier und löse die Wohnung auf. Dann gehe ich zurück nach Marburg. Das Haus hier wird verkauft.«

»Verkauft?«

»Ja. Es gehörte uns beiden. Unsere Eltern sind vor drei Jahren bei einem Unfall ums Leben gekommen. Nun bin ich der alleinige Erbe. Und ich werde verkaufen.« Er drehte sich um, zog mit der Hand einen Kreis. »Hier stecken zu viele Erinnerungen drin, wissen Sie. Wir sind hier aufgewachsen. Wir waren hier einmal glücklich.«

Mehr aus Höflichkeit als aus Interesse sagte Eva: »Es ist ein schönes Haus, sie werden bestimmt bald einen Käufer dafür finden.«

Milan nickte vage. »Einen Interessenten gab es schon. Sophie hatte mir von ihm erzählt. Wir waren uns schon vor ihrem Tod über den Hausverkauf einig. Ich arbeite in Marburg an der Uni und werde bald nach Barcelona gehen. Und Sophie hatte eigentlich auch vorgehabt, nach dem Bachelor ein Jahr im Ausland zu arbeiten. Aber in den letzten Monaten hat sie nicht mehr davon gesprochen. Dafür waren Kinder plötzlich ein Thema für sie. Und, wie gesagt, sie hatte schon einen Interessenten für das Haus gefunden. Ich muss in ihren Unterlagen nachschauen. Wollen Sie sich ein Andenken aussuchen?«

Eva nickte, ging ihm hinterher in das Wohnzimmer. Es war ein behaglicher Raum mit vielen Kissen und Decken, ein Raum zum Wohlfühlen. Es war das Zimmer, in dem die Kerze brannte. Die Wände waren mit Bücherregalen bedeckt, und zwischen den Büchern standen geschmackvoller Nippes: ein paar schöne Schneekugeln, zwei Figuren von Niki de Saint Phalle, ein handgroßer Eiffelturm, ein paar Steine und Muscheln, ein Stück Vulkangestein. Eva griff nach einer kleinen Statue des Empire State Buildings. Sie hatte schon immer mal nach New York gewollt, aber irgendwie hatte es sich nie ergeben. »Ich würde mir gern das mitnehmen«, sagte sie leise.

Milan nickte. »Sophie hat New York geliebt. Komisch eigentlich. Sie war schüchtern und ein wenig ängstlich, aber in New York hat sie sich sicher gefühlt.« Er brach ab, strich behutsam mit dem Daumen über die kleine Statue. »Wenn Ihnen sonst noch etwas gefällt, greifen Sie nur zu. Es würde mir wehtun, die persönlichen Sachen von Sophie einfach nur wegzuwerfen.« Er war schon auf dem Weg aus dem Zimmer, als er plötzlich stehen blieb und sich zu Eva wandte. »Finden

Sie nicht auch, dass es ein unerträglicher und grausamer Gedanke ist, dass eine einfache Plastiktüte aus dem Supermarkt eine höhere Lebensdauer hat als ein Mensch?«

»Ja. Das ist es wirklich.« Eva war mittlerweile zum Schreibtisch getreten, auf dem einige Bücher über soziale Arbeit lagen. In einer Stiftschachtel steckte die Visitenkarte des Supermarktes. Eva holte sie hervor. Hinten stand in der Schrift von Konrad Auer seine Handynummer. Eva wunderte sich. Sie hatte nicht gedacht, dass Auer Sophie besser als nur vom Sehen kannte. Und schon gar nicht, dass er ihr seine private Handynummer gegeben hatte. Vor allem nicht, nachdem er gestern so vollkommen unbeteiligt über ihren Tod gewesen war. Vielleicht hatte Sophie ein besonderes Produkt bei Auer bestellt. Ein bestimmtes Getreide vielleicht oder diese Chlorellapresslinge, die so gut für den Darm sein sollen. Vielleicht aber auch ein bestimmtes Wasser, das zuerst über Heilsteine laufen muss, ehe es in Flaschen abgefüllt und verkauft wird. Und vielleicht hatte Sophie mit Auer vereinbart, dass er sie anrufen würde, wenn das Wasser oder die Presslinge oder was auch immer da waren. Es gab solche Kunden. Mehr, als man glaubte. Sie lasen in irgendwelchen Zeitschriften über irgendwelche Dinge, die ihr Leben leichter machen würden, und dann wollten die Leute genau diese Dinge haben. Sie wusste von Kupferarmbändern, die geheimnisvolle magnetische Wellen verstärken oder abschwächen sollten. Sie hatte von Steinen gehört, die Giftstoffe aus dem Körper leiten sollten, wenn man sie lutschte und sie kannte vor allem Kunden, die glaubten, mit einer Tüte Sojaschnitzel gleichzeitig ihr Lebensglück kaufen zu können.

Eva zuckte mit den Schultern, dann steckte sie die Karte zurück in den Stiftständer. Ihr Blick fiel dabei auf den Papierkorb. Und was sie da sah, erstaunte sie wirklich: Der ganze

Papierkorb war voller leerer Verpackungen des neuen Riegels *Love & 6*! Eva bückte sich, zählte die leeren Papiere. Es waren zwölf Stück. Kein Wunder, dass Martina Wöhler in Sophies Leiche eine so hohe Konzentration an Atropin gefunden hatte. Aber wann hatte das Mädchen die Riegel gekauft? Bei ihr war es nicht gewesen.

Siebtes Kapitel

Konrad Auer konnte es kaum ertragen heute im Laden zu sein. Alles hier erinnerte ihn an den Tod. Nein, nicht an den Tod, sondern an Sophie. Wie sie da gelegen hatte! Er hatte einfach nicht hinsehen können. Wie ein Kind, das sich die Augen zuhält, um dem Schrecken zu entgehen. Er seufzte, dann machte er sich an die Abrechnungen des vorherigen Tages. Für den Umsatz war der Todesfall gut gewesen, fast elf Prozent Mehreinnahmen als an einem gewöhnlichen Mittwoch, an dem die Leute ihre Sachen viel lieber auf dem Wochenmarkt einkauften. Auch die Riegel waren gut gegangen. Inzwischen hatten sie gut 250 Stück davon verkauft, und das bei einer üppigen Gewinnspanne. Trotz der guten Zahlen konnte er sich nicht über den Erfolg freuen. Was waren schon ein paar hundert oder tausend Euro? Für ihn sehr viel, aber für Lena ziemlich wenig.

Er gab der Computermaus einen leichten Stoß und versank in Gedanken. War Lena schon immer so gewesen?, überlegte er. Oder war sie erst so geworden, nachdem sie ihr Studium wegen der Schwangerschaft hatte aufgeben müssen? Sie hatte BWL studiert im siebten Semester, und sie hatte gewusst, dass sie nach der Babypause nicht einfach wieder in das Studium einsteigen konnte. Einmal hatte sie ihm erzählt, dass sie die dazu gehörigen Mathematikaufgaben wenn überhaupt, dann nur mit Mühe und Not verstanden hatte. Und eigentlich interessierte sie sich überhaupt nicht für Betriebswirtschaft. »Warum hast du dann dieses Studium gewählt?«, hatte Konrad wissen wollen. Und Lena hatte ihn mit großen Augen angesehen. »Na, um etwas aus mir zu machen. Lieber wäre ich ja Zahnärztin geworden, aber für den Numerus Clausus hat es nicht gereicht. Also dann BWL.«

Konrad hatte sie verblüfft angesehen. »Du hast irgendetwas studiert, nur um später einmal reich zu werden und Erfolg zu haben?«

»Was dachtest du denn? Meinst du vielleicht, es macht irgendeinem Menschen Spaß jahrzehntelang in den fauligen Zähnen fremder Leute rumzustochern? Oder die betriebswirtschaftlichen Zusammenhänge im Bereich Zerspannung zu effektivieren?«

»Und warum wolltest du reich werden?«

Lena hatte ihn angesehen, als hätte er den Verstand verloren. »Meine Mutter hat bei Schlecker gearbeitet, wie du weißt. Sagt das genug?«

Konrad schüttelte den Kopf. »Was ist an der Arbeit einer Verkäuferin auszusetzen?«

»Dass es eine ewige Plackerei ist, bei der du es bald im Rücken kriegst, von den dicken Füßen mal ganz abgesehen. Und der Lohn ist einfach nur lächerlich. Es hat bei uns kaum mal für's Kino gereicht. Und dabei wollte ich immer Klavier lernen. Naja, für meine Töchter wird genug Geld da sein, das habe ich mir geschworen.«

Und seitdem hatte Lena auch tatsächlich dafür gesorgt, dass immer Geld im Hause war. Beziehungsweise: Sie hatte dafür gesorgt, dass Konrad dafür sorgte. Aber irgendwie, so schien es ihm, war es niemals genug. Ihr Hunger nach Geld war grenzenlos. Konnte man von dem, das man in der Kindheit und Jugend nicht hatte, später überhaupt jemals genug bekommen? Er wusste es nicht.

Es klopfte an der Tür und beinahe zeitgleich stand Eva Sandmann im Rahmen. »Können Sie nicht warten, bis ich ›Herein!‹ rufe?«, fragte er.

»Ich wusste ja nicht, dass Sie geheimnisvolle Dinge hier treiben«, erwiderte Eva frech und setzte sich auf den Stuhl, der vor Konrads Schreibtisch stand. Auer antwortete nicht.

»Sagen Sie mal, Herr Auer, wie laufen denn die Riegel?«, fragte Eva neugierig.

»Gut. Aber es würde sicher nicht schaden, wenn sie die Kunden nachdrücklicher auf unser Angebot hinweisen.«

»Oh, das tue ich. Keine Frage. Erst heute Morgen war ich bei jemandem zu Besuch, der hatte ein ganzes Dutzend davon.«

»So?« Auer beugte sich ein wenig nach vorn. »Wer war das denn? Ein Kunde von uns?«

Eva lehnte sich zurück. »Tja, das ist es eben. Es war eine Kundin, um genau zu sein, und die hatte zwar zwei Riegel bei mir gekauft, aber kein ganzes Dutzend.«

»Sie sind ja nun nicht unsere einzige Kassiererin.«

»Das schon.« Eva ließ nicht locker. »Aber sie ist immer zu mir gekommen. Und was ich ihr verkauft habe, das weiß ich genau. Deshalb frage ich mich ja auch, ob noch jemand auf der Berger Straße den *Love & 6*-Riegel vertreibt. Wissen Sie da was?«

Konrad Auer schüttelte den Kopf und zog die Stirn in Falten. »Ausgeschlossen. Der Riegel muss bei uns gekauft worden sein. Und im Übrigen, meine liebe Frau Sandmann, ist der Laden auch geöffnet, wenn Sie einmal nicht da sind.«

Eva stand auf. »Stimmt. Ich habe ja auch nur gefragt. Aber seltsam ist es schon, dass ausgerechnet die junge Frau, die die vielen Riegel hatte, gestern bei uns gestorben ist.«

Eva beobachtete ganz genau Auers Gesicht, als sie dies sagte. Auer zuckte mit keiner Wimper, aber genau das war es, was Eva stutzig werden ließ. »Sie hatte sogar eine Visitenkarte von Ihnen auf ihrem Schreibtisch liegen.«

Auer erhob sich, und Eva sah, wie eine blaue Ader auf seiner Stirn leicht anschwoll. »Spionieren Sie mir etwa nach?«, wollte er wissen.

»Wieso? Gibt es denn etwas, das sich herauszufinden lohnt?«

»Natürlich nicht. Ich bin ein Geschäftsmann und als solcher verteile ich meine Visitenkarten, wann immer es geht. Das ist auch Werbung, Frau Sandmann. Und im Übrigen muss ich jetzt weg, ich habe einen wichtigen Termin.« Er schnappte sich seine lederne Aktenmappe, auf der seine Initialen eingeprägt waren und machte sich davon.

Er kam zu spät. Es war bereits Viertel nach zwei, als er die Schule betrat. Lena saß auf einem klapprigen Stuhl vor dem Lehrerzimmer und sah ihm vorwurfsvoll entgegen. »Ist das zu fassen?«, fragte sie aufgebracht. »Da bestellt uns diese Frau hierher, und dann hat sie keine Zeit. Also, lange sehe ich mir das nicht mehr mit an.« Ein weiteres Ehepaar näherte sich dem Lehrerzimmer. »Das sind die Eltern des schrecklichen Marius. Kein Wunder, dass die einbestellt werden.« Als die Eltern des schrecklichen Marius mit Lena auf einer Höhe waren, sprang Lena auf, umarmte die Marius-Mutter, hauchte ihr ein Küsschen auf die Wange und schüttelte dem Marius-Vater herzlich beide Hände. »Was treibt euch denn hierher?«, fragte sie unschuldig. Die Marius-Eltern nickten Konrad zu, dann machte die Marius-Mutter eine wegwerfende Handbewegung. »Ach, du weißt doch, wie Lehrer sind. Immer wichtig, immer Klassenbeste. Marius hätte ein Problem mit seinem Sozialverhalten, aber das ist natürlich Unsinn. Wahrscheinlich ist er einfach nur unterfordert. Das ist bei Hochbegabten oft der Fall.«

Lena nickte, obgleich sie es besser wusste. »Und was wollt ihr tun?«

Die Marius-Mutter lächelte. »Ich werde ihr die Visitenkarte unseres Anwalts auf den Tisch legen. Ich wette, dann ist sie ruhig. Nach der Grundschule geben wir ihn natürlich auf eine Schule, die seinen besonderen Anforderungen gerecht wird.«

Die Marius-Eltern lächelten noch einmal siegesgewiss, dann ließen sie sich neben den Auers auf den Stühlen nieder. Kaum hatte die Marius-Mutter ihre Louis-Vuitton-Handtasche so platziert, dass Lena sie auf jeden Fall sehen musste, fragte sie auch schon: »Und Ihr? Warum seid Ihr hier?«

Lena streifte die Tasche mit einem beiläufigen Blick und erklärte: »Och, wir überlegen, ob wir unsere Kinder auch hier aus der Schule nehmen. Das Niveau lässt doch manchmal zu wünschen übrig. Da wir ohnehin bald in den Vordertaunus ziehen, dachten wir für Marie-Therese an eine katholische Mädchenschule – privat selbstverständlich.«

Die Marius-Mutter kniff die Lippen zusammen und wollte gerade etwas erwidern, als die Tür des Lehrerzimmers aufging. Frau Scheidewald, die Lehrerin, lächelte den Auers zu und bat sie herein. Dann saßen Konrad und Lena vor ihr, Frau Scheidewald spielte mit einem Bleistift und fragte: »Und was kann ich heute für Sie tun?« Ihr Lächeln wirkte ein wenig gequält, aber das schien Lena nicht zu stören. »Nun, wir wollten gern wissen, wie es kommt, dass Marie-Therese so schlecht in den Mathearbeiten abschneidet. Schließlich ist ihr Vater ein anerkannter Computerspezialist und ich selbst war auch nicht schlecht in Mathe.«

Frau Scheidewald legte den Bleistift zur Seite. »In diesem Schuljahr entscheidet sich, welche weiterführende Schule die Kinder besuchen werden. Es ist eine Entscheidung, die möglicherweise Einfluss auf ihr ganzes Leben nimmt. Ich gehe deshalb besonders sorgsam bei der Benotung vor. Und bei Marie-Therese scheint es mir, als wäre sie auf einer Realschule am besten aufgehoben. Sie ist wohl mehr der praktische Typ.«

Lena schnappte nach Luft. »Wie bitte? Unsere Tochter bekommt keine Empfehlung fürs Gymnasium? Das glaube ich einfach nicht!« Sie stieß Konrad in die Seite. »Jetzt sag´ du doch auch mal was.«

Konrad räusperte sich. »Sie ist noch ein wenig verspielt, nicht wahr?«

Frau Scheidewald lächelte. »Ja, sie ist ein kleines Träumerchen. Kann gut sein, dass sich das noch gibt. Deshalb sollten sie überlegen, ob sie Marie-Therese auf eine Gesamtschule geben. Dort könnte sie später noch auf den gymnasialen Zweig wechseln.«

Jetzt hatte Lena genug. Sie erhob sich und zeigte mit dem Finger auf Frau Scheidewald. »Dies hier ist eine Privatschule, für die wir jeden Monat eine Menge Geld bezahlen. Wir bezahlen auch Sie, liebe Frau Scheidewald. Und deshalb ist es unser Recht, eine Gymnasialempfehlung zu verlangen.«

Frau Scheidewald nickte und seufzte. »Ich habe befürchtet, dass Sie so reagieren.« Dann schwieg sie, und auch Konrad wusste nichts zu sagen. Er sah, wie Lenas Gesicht zusammenfiel, wie sie plötzlich kraftlos auf ihrem Stuhl zusammensackte und ihr Tränen in die Augen stiegen. Frau Scheidewald reichte ihr schweigend ein Papiertaschentuch über den Tisch. »Es ist doch nicht Ihre Schuld, Frau Auer. Ich weiß, dass Sie sich viel Mühe mit Marie-Therese gegeben haben.«

»Ach ja?«, fuhr Lena auf. »Ich habe mein Studium wegen ihr aufgegeben, habe mich so gut um sie gekümmert, wie es überhaupt nur möglich ist. Ich bringe sie jede Woche zum Ballett, zum Klavierunterricht und zur Mathenachhilfe und hole sie auch wieder von dort ab. Ich habe so viel in dieses Kind investiert, und dann kommen Sie daher, und erklären mir, dass es nicht meine Schuld ist? Ja, wessen Schuld ist es denn dann?« Und jetzt weinte Lena wirklich. Sie schluchzte, ihr ganzer Körper bebte. Konrad strich ihr sanft über den Rücken. Er hätte sie gern getröstet, aber er wusste nicht, wie. Schließlich fragte er: »Gibt es denn eine andere Privatschule, die auf eine gymnasiale Empfehlung verzichtet?«

Frau Scheidewald schüttelte den Kopf. »Die Eltern bestehen auf einem hohen Leistungsniveau. Marie-Therese würde sich überfordert und entmutigt fühlen.«

»Haben Sie vielleicht eine andere Idee?«, fragte Konrad weiter.

Frau Scheidewald zuckte mit den Achseln. »Es wäre möglich, sie die vierte Klasse wiederholen zu lassen. Manche Kinder machen in diesem Alter einen deutlichen Entwicklungssprung.«

Jetzt schluchzte Lena derart tief laut, dass es Konrad weh tat. Im selben Augenblick klopfte es an der Tür, und die Marius-Mutter streckte ihren Kopf herein. »Wir warten nun schon zwanzig Minuten«, erklärte sie mit Quengelstimme. »Wir haben auch noch etwas anderes zu tun, als in diesem zugigen Korridor zu hocken.«

»Es dauert noch eine kleine Weile«, erwiderte Frau Scheidewald ruhig. »Vielleicht trinken Sie in der Schulcafeteria einen Kaffee oder Sie sehen sich die Bilderausstellung unserer Schüler an. Ihr Marius ist auch dabei.« Die Marius-Mutter schüttelte unzufrieden den Kopf, doch als sie Lena weinen hörte, verzog ein Lächeln ihre aufgespritzten Lippen und schloss die Tür.

»Ich habe also wieder einmal versagt«, schluchzte Lena. »Ich habe es wieder einmal nicht richtig gemacht.«

Frau Scheidewald erhob sich und trat zu Lena. »Sie brauchen sich keine Vorwürfe zu machen. Marie-Therese ist ein wunderbares Kind. Sie hat viel Phantasie, ist empathisch und freundlich. Ich glaube, sie wird einmal einen künstlerischen Beruf ergreifen. Im Augenblick fehlt es ihr noch ein wenig an Ehrgeiz und an der Konzentration, aber, wie schon gesagt, das ist gewiss nicht Ihre Schuld, Frau Auer.«

Lena hob den Blick, sah erst Konrad, dann Frau Scheidewald mit tiefdunklen, verzweifelten Augen an und wiederholte: »Wessen Schuld ist es denn sonst?« Dann erhob sie sich und sagte: »Wir werden eine andere Schule für Marie-Therese finden. Vielleicht liegt es nämlich an Ihnen, dass sie so schlechte Noten nach Hause bringt.«

Frau Scheidewald hob die Schultern und seufzte. »Ihre Tochter ist nicht schlecht, Frau Auer. Sie hat ganz normale Leistungen. Durchschnittlich, und sie ist keineswegs dumm.«

»Durchschnittlich?«, fauchte Lena. »Nur durchschnittlich? Mein Gott, so etwas Schlimmes hat mir noch nie jemand über mein Kind gesagt. Durchschnittlich IST dumm, Frau Scheidewald, und das wissen Sie ganz genau.«

Sie griff nach Konrads Hand und zog ihn hinaus in den Flur.

Achtes Kapitel

Eva bediente Frau Neumann, die gerade frisch vom Friseur gekommen war und neben Milch, Sellerie und Käse noch vier von den Riegeln auf das Kassenband packte. »Sie, ich sach Ihne, die dolle Riggl ham's ganz schön in sich.« Sie kicherte und fuhr sich dabei über die neue Dauerwelle. »Isch glaab, isch werd' wieder ä ganz junges Mädsche, wenn des so weitergeht.«

Frau Neumann zwinkerte Eva frivol zu und rauschte davon. Dahinter – Eva hatte ihn bisher nicht bemerkt – stand Gernot. »Was machst du denn hier?«, wollte Eva wissen. »Normalerweise meidest du doch alles, was Vitamine hat.«

»Es ist wegen Sandra. Ich wollte dir nur sagen, dass ich morgen Abend zum Apfelwein-Schorsch gehe und dort einen Schoppen trinke.«

»Na und? Du kannst tun und lassen, was immer du willst. Trink meinetwegen, bis dir schlecht wird.«

»Nein, das meine ich doch nicht. Es ist wegen Sandra. Du sollst morgen Abend dort hinkommen und mich fotografieren, wie ich allein dort sitze und trinke. Ich werde eine Wirtschaftszeitung lesen, damit Sandra nicht denkt, ich schaue den anderen Frauen nach. Vergiss bloß deine Kamera nicht.«

»Ich denke ja gar nicht daran«, wollte Eva erwidern, zumal Gernots Frau sie noch nicht einmal engagiert hatte, doch sie hatte keine Lust, hier im Laden einen kleinen Skandal zu veranstalten. Deshalb zischte sie nur zwischen den Zähnen hervor: »Darüber reden wir noch, mein Lieber.« Aber Gernot schüttelte den Kopf. »Reden ist viel zu gefährlich. Fotografiere mich lieber.«

Als sie am Abend nach Hause ging, war die Kerze in Sophies Wohnung erloschen. Eine kleine Geste nur, aber die machte sie traurig. So als ob Sophie erst jetzt wirklich und wahrhaftig tot war. Sie seufzte und ging weiter. Zuhause blinkte ihr Anrufbeantworter. Es waren zwei Nachrichten darauf. Sie lies die erste ablaufen. »Guten Tag. Sandra Schweikert heiße ich. Ich bitte um Ihren Rückruf.« Dann war eine Telefonnummer genannt, die sich Eva auf einem Zettel notierte. Aber ob sie zurückrief, das wusste sie noch nicht. Der zweite Anruf war von Gabriel, ihrem Exmann und neben Gernot der zweite Liebhaber. »Schatz, lass uns mal wieder richtig einen draufmachen«, kicherte er auf den AB. »Ich lade dich zum Brunch am Samstag ins Café Kante ein. Um 10 Uhr. Und sei bitte pünktlich, ich habe eine Überraschung für dich. Und äh ... naja ... ach, nichts weiter.«

Eva lächelte. Typisch Gabriel. Sie trug sich den Termin in ihren Kalender und griff nach der Post, die sie aus dem Briefkasten geholt hatte. Da war als erstes das Werbeschreiben einer Lotteriegesellschaft, der zweite Brief teilte ihr mit, dass die GEZ-Gebühren fällig waren, dazwischen lag ein Wurfzettel, auf dem stand, dass die Firma Auto-Isic gern ihren Wagen kaufen würde und der dritte Brief zeigte als Absender das Finanzamt. Eva stöhnte auf. Sie zerriss den Umschlag und fummelte das Schreiben hervor. Kurz schloss sie die Augen, dann las sie, dass die Einkommenssteuer aus ihrer freiberuflichen Tätigkeit fällig war. Sie musste bis zum zehnten des nächsten Monats genau 683,20 Euro bezahlen. »Woher soll ich das Geld nehmen?«, fragte sie sich. Sie hatte erst im letzten Monat eine neue Waschmaschine kaufen müssen, außerdem war die Jahresrate für ihre Lebensversicherung fällig. Sie stöhnte noch einmal, dann straffte sie die Schultern und rief Sandra Schweikert an. Sie hörte ihr zu, wie sie über Gernot klagte, dann erbat sie eine Vorauszahlung von 500 EUR und versprach, sofort mit ihren Ermittlungen anzufangen, sobald das Geld in einem Umschlag in ihrem Briefkasten steckte. Vielleicht wäre das sogar noch heute Abend möglich?

Erschöpft und heute mal an der Welt leidend goss sie sich nach dem Telefonat ein Glas Rotwein ein und legte die Füße hoch.

Konrad zog sich am Abend seine Joggingsachen an. »Ich gehe laufen, damit ich einen klaren Kopf bekomme«, sagte er zu Lena. Sie saß vollkommen fertig auf der Couch, hielt sich ein Kissen vor dem Bauch gepresst und weinte noch immer. Er hockte sich vor sie. »Du kannst nichts dafür, es ist nicht deine Schuld.« Er wusste nicht mehr, wie oft er diesen Satz heute schon gesagt hatte, aber er schien einfach nicht zu fruchten.

»Ich komme mir wie eine Versagerin vor«, murmelte Lena, und schon wieder schossen ihr die Tränen in die Augen.

»Nein, das bist du nicht. Du bist eine ganz tolle Mutter, die einfach nur das Beste für ihr Kind will. Lass sie das Schuljahr wiederholen. Du wirst sehen, sie wird sich entwickeln. Frau Scheidewald hat doch gesagt, dass sie ein kleines Träumerchen ist.«

»Ach ja? Und wenn die Scheidewald sich irrt? Wenn sie das nur gesagt hat, um uns zu beruhigen? Marie-Therese ist Durchschnitt, das hat sie auch gesagt.«

Konrad streichelte, bestürzt von Lenas Zusammenbruch, ihr Knie. »Und was ist daran so schlimm? Wir beide sind doch auch Durchschnitt und schlagen uns recht wacker durchs Leben.«

Da fuhr Lena auf. »Vielleicht bist du damit zufrieden, Durchschnitt zu sein. Ich bin es nicht. Und meine Töchter sind es auch nicht. Durchschnitt zu sein ist das Schlimmste, das ich mir vorstellen kann. Ein Nobody, ein Nichts. Das ist der Durchschnitt.«

»Die meisten Menschen sind Durchschnitt und damit ganz zufrieden«, antwortete Konrad, aber Lena unterbrach ihn. »Jetzt weiß ich, was wir machen werden. Es gibt da ein Internat in der Schweiz. Dort erhalten die Kinder umfassenden Förderunterricht. Außerdem können sie dort reiten und Tennis spielen.« Sie sprang auf, griff nach ihrem Tablet und gab hektisch ein paar Worte ein. »Da, hier ist es. Das Sankt-Barbara-Internat in der Nähe von Pontresina. Dort schicken wir sie für ein Jahr hin, lassen sie aufpäppeln, und dann geht sie in Königstein auf das Mädchengymnasium.«

Konrad wusste, dass es keinen Zweck hatte, Lena zu widersprechen. Lena war im Kampfmodus, wenn auch nicht feststand, wer genau der Gegner war. Wenn er jetzt widersprach, dann hatte Lena ihren Gegner. »Was kostet das?«, wollte Konrad Auer wissen.

Lena wedelte mit der Hand. »Preisgünstig ist es nicht, aber schließlich geht es um die Zukunft unserer Tochter.«

»Wieviel?«

»4.000 Franken im Monat.«

»Hui.« Konrad schüttelte den Kopf. »Das übersteigt unser Budget. Schließlich haben wir noch den Kredit für das *Vollkorn* und ein Haus willst du außerdem noch kaufen.

Lena warf ihre Haare zurück und funkelte ihn an. »Dann musst du eben sehen, woher du noch mehr Geld bekommst. Du hättest das Haus in der Spessartstraße nicht so schnell aufgeben sollen. Jetzt schau, was du da noch retten kannst.« Sie wandte sich wieder dem Tablet zu, während Konrad seine Joggingschuhe schnürte.

Im Ostpark setzte er sich auf eine Bank. Er war noch nie ein begeisterter Sportler gewesen, aber Lena hatte es gern, wenn er laufen ging. »Das heißt, dass du achtsam mit dir umgehst, dass du dir wichtig bist und dass du nicht so schnell zu dick wirst«, hatte sie gesagt und ihm die neuen Laufschuhe geschenkt. Seither ging Konrad einmal in der Woche joggen. Also, er tat so, als würde er joggen. Normalerweise begab er sich in den Ostpark, setzte sich auf eine Bank und sah den Leuten beim Spazierengehen und Fußballspielen zu. Dann rannte er nach Hause, so dass er ein wenig verschwitzt war, wenn Lena ihn sah. Heute aber hatte er keinen Blick für die anderen Leute, heute sah er in sich selbst hinein und seufzte. Er dachte an Lena und ihre plötzliche Verletzlichkeit, die ihn gerührt hatte. Er wollte nicht, dass sie sich sorgte und er verstand, dass sie für die beiden Mädchen das Beste wollte. Er verstand nur nicht, warum der Durchschnitt nicht das Beste sein konnte. Aber das hatte er bei Lena noch nie verstanden. Diesen Drang nach mehr, nach etwas besonderem. Wie anders war dagegen Sophie gewesen. Sie hatte nichts von ihm verlangt. Nur, dass er sie lieb hatte. Und erst jetzt, da sie tot war, begriff Konrad Auer, dass er sie tatsächlich geliebt hatte. Nie hatte sie an ihm herumgemeckert. Bei ihr hatte er der sein dürfen, der er war. Ein Durchschnittsmensch mit Durchschnittsbedürfnissen und einem Durchschnittsleben. Er hatte mit ihr gelacht und sich für nichts geschämt. Ja, das war wohl die Hauptsache gewesen, der Grund, warum er sie geliebt hatte: Dafür, dass er sich niemals schämen musste. Sie hatte ihn verstanden, hatte ihn so genommen, wie er war und sie hatte ihm das Gefühl gegeben, dass er gut und richtig war, wie er war.

Eva Sandmann hatte schlecht geschlafen. Immer wieder hatte sie an Sandra Schweikert denken müssen. Es ging ihr wirklich gewaltig gegen den Strich, der armen Frau einen Bären aufzubinden. Vielleicht liebte sie Gernot ja? Obwohl, das war eigentlich nicht möglich. Niemand, der länger als zehn Jahre verheiratet war, liebte sich noch. Zumindest niemand, den sie kannte. Die meisten hatten sich abgefunden, einige fühlten sich vom Leben und der Liebe betrogen, andere, die wenigsten, hatten die Liebe gegen eine Freundschaft eingetauscht. Aber wie immer das auch zwischen Sandra und Gernot war, sie wollte sich nicht einmischen. Aber jetzt hatte sie den Auftrag angenommen, weil sie das Geld brauchte. Sie hatte die halbe Nacht nach Ausreden für ihr Tun gesucht, hatte sich selbst beweisen wollen, dass sie gut und richtig handelte, wenn sie Gernot fotografierte, aber sie hatte keine Rechtfertigung gefunden. Außer eben, dass sie das Geld dringend brauchte. Sie stand auf, machte sich fertig, ging in den Supermarkt, aber jeder Schritt fiel ihr schwer. Als sie an der Spessartstraße vorbei kam, dachte sie an Sophie. Ein Fenster in ihrer Wohnung stand offen, und Eva klingelte. Kurz darauf schaute Milan aus dem Fenster. »Ach, Sie sind es.«

»Ich wollte nur fragen, ob Sie schon wissen, wann die Beerdigung ist.«

»Warten Sie, ich komme runter.«

Wenig später stand Milan von ihr und reichte ihr zwei Umschläge. »Ich hatte gehofft, dass Sie noch einmal vorbeikommen«, sagte er. »Ihre Adresse, wissen Sie, ich hatte Sie mir nicht notiert.«

»Das sind aber zwei Umschläge.«

Milan warf sich seinen langen Pony aus dem Gesicht. Seine Miene verdüsterte sich, wurde nahezu schmerzlich. »Sie kannte kaum einen Menschen«, sagte er leise. »Ich dachte, vielleicht wissen Sie noch jemanden, der zu ihrer Beerdigung kommen würde. Es würde mir einfach weh tun, nur mit dem Pfarrer alleine am Grab zu stehen.«

»So schlimm?«, fragte Eva nach, und Mitleid schoss in ihr hoch. Sie wusste, dass es viele einsame Menschen gab, aber sie hatte nicht geahnt, dass auch so junge Menschen darunter waren.

»Ja«, erwiderte Milan, »wissen Sie, Sie verstand sich nicht auf die Dinge, die heute zählen. Sie mochte keine laute Musik, hat lieber selbst Klavier gespielt. Ihre Kleidung war nie nach der neuesten Mode, und sie wusste oft nicht, was sie in einer Gesellschaft sagen sollte. Sie war der liebste, klügste und hilfsbereiteste Mensch, den ich kannte. Aber sie war nicht dafür gemacht, in dieser Welt zu leben. Das Leben war irgendwie zu kompliziert für sie.«

Milan sah sie an, und Eva nickte. Sie verstand genau, was er meinte. Auch sie selbst hatte schon Menschen getroffen, die mit dem Leben und seinen ungeheuren Anforderungen und Möglichkeiten schlicht überfordert waren. Sie hatte geahnt, dass Sophie zu ihnen gehörte.

»Ich werde kommen. Danke sehr.« Dann hob sie die beiden Umschläge grüßend und ging.

Im *Vollkorn* zog sie sich um, dann begab sie sich mit einem der Umschläge in Auers Büro. Auer hockte hinter seinem Schreibtisch und starrte auf den Bildschirm.

»Was ist denn, Frau Sandmann?«

»Ich wollte Ihnen nur das hier geben.« Sie legte den Umschlag mit dem schwarzen Rand auf seine Computertastatur. Auer riss ihn auf, entnahm die Karte, las und räusperte sich zweimal. Dann sagte er mit rauer Stimme: »Und? Was soll ich damit?«

»Mit mir zur Beerdigung gehen.«

»Und wie in aller Welt komme ich dazu?« Auer zerriss den Umschlag und warf ihn in den Papierkorb. Die Karte aber behielt er in der Hand. Er musste wieder mehrmals schlucken und sein Adamsapfel hüpfte auf und nieder.

»Sie hatten eine Romanze mit ihr.« Eva sagte das ohne jeden Vorwurf. Ganz sicher war sie sich nicht, aber sie hatte nachgedacht und ihr war eingefallen, dass Sophie mehrmals nach Auer gefragt hatte. Nicht in dem Ton, in dem man üblicherweise nach dem Geschäftsführer rief, sondern eher bittend und verlegen. Kurz vor Weihnachten, war ihr eingefallen, hatte sie einmal Konrad Auer und Sophie gemeinsam durch das Schaufenster eines italienischen Restaurants gesehen, sich aber nichts weiter dabei gedacht. Und Auers Reaktion auf ihren Tod hatte auch Bände gesprochen, wenn man es unter dem Blickpunkt einer Romanze betrachtete. Er hatte schlichtweg unter Schock gestanden.

»Ich?« Auer wurde noch blasser. »Wie kommen Sie denn auf diesen Unfug?«

Eva zuckte mit den Schultern. »Das ist doch ganz gleich. Möchten Sie nicht auch, dass Sophie in Würde begraben wird? Also, Montag um 10 Uhr auf dem Bornheimer Friedhof.«

Mit diesen Worten ließ sie ihn allein und setzte sich hinter ihre Kasse.

Frau Neumann kaufte heute eine Flasche Sekt, und zwar eine von den teuren. »Oh, haben Sie etwas zu feiern?«, wollte Eva wissen.

Frau Neumann nickte ernst. »Mir habbe am Samstag unsern Hochzeitstaach. Den Zwounverzichste. Na, da gucke Sie aber, gell? Ich sach immer, unsere Ehe hält schon länger als Tupperware. Und auf die gibt es 30 Jahre Garantie.« Sie kicherte, legte noch vier Riegel auf das Packband, dann sammelte sie ihre Einkäufe ein und verschwand. Als nächstes kam der Buchhändler Aldo an die Kasse. »Ich brauche eine Kiste von dem Zeug«, erklärte er. »Seit ich meine erotischen Romane mit den Riegeln zusammen verkaufe, brummts wieder.« Er deutete mit dem Zeigefinger auf Eva. »Das kann Amazon nämlich nicht, verstehst du? Lebens- und Liebesberatung. Der persönliche Kontakt zum Kunden.« Eva stand auf, holte eine Kiste aus dem Lager, stritt kurz über einen möglichen Rabatt, dann war schon der nächste Kunde dran. Heute war Freitag, und die Leute kauften für das Wochenende ein. Eva blickte auf die Waren und schloss daraus auf die Lebenssituation der Einkäufer. Wieder einmal stellte sie fest, wie viele Singles es doch gab. Alle Altersgruppen waren vertreten, vom Studenten bis zur alten Dame, die sich ihre Rente sorgfältig einteilen musste. Als ein junger Mann, dessen Namen sie nicht wusste, aber dessen Gesicht sie kannte, doppelt so viel einkaufte wie gewöhnlich, freute sie sich. Genau in diesem Augenblick kam Konrad Auer. »Machen Sie mal Pause, Frau Sandmann, und kommen Sie bitte in mein Büro.«

Eva sagte der Kollegin Bescheid, schloss die Kasse und tat, was der Supermarktleiter ihr aufgetragen hatte.

»Was gibt es?«, fragte sie und gab sich keine Mühe, besonders freundlich zu sein. Sie fand, Auer habe sich beim Tod von Sophie nicht gerade mit Ruhm bekleckert.

»Also gut, Frau Sandmann. Wir gehen am Montag gemeinsam auf die Beerdigung. Das sind wir unseren treuesten Kunden einfach schuldig.«

»Sie war mehr als eine treue Kundin für Sie, Herr Auer.«

»Ja, und genau darüber wollte ich auch noch mit Ihnen sprechen. Es wäre gewiss schädlich für den Ruf unseres Supermarktes, wenn die Leute ebenso dächten wie Sie. Und deshalb bitte ich Sie – im Sinne des Supermarktes – Ihre wilden Spekulationen für sich zu behalten.«

Eva nickte. Sie hatte ohnehin nicht vorgehabt, jemanden von dieser Romanze zu erzählen. Aber eines wollte sie doch wissen: »Hatten Sie sie gern?«

Auer wurde ein wenig rot, wedelte fahrig mit den Händen in der Luft herum. »Das spielt doch keine Rolle.«

»Doch«, widersprach Eva, »für mich schon.«

Da stützte Auer die Ellbogen auf den Schreibtisch, barg sein Gesicht in den Händen und murmelte zwischen den Fingern hindurch. »Ja, ich habe sie gern gehabt. Und jetzt ist ein großes Loch in meinem Leben.«

Eva stand auf, legte ihm kurz die Hand auf die Schulter und murmelte: »Herzliches Beileid«, dann ging sie.

Normalerweise sehnte sie den Feierabend herbei, aber heute erschreckte sie jede Viertelstunde, die verging. Sie hatte ihre Kamera dabei und musste Gernot später in der Apfelweinschänke fotografieren. Sie kam sich deswegen schäbig vor und war überdies wütend auf Gernot, der sie in diese Lage gebracht hatte. Mürrisch ging sie die Berger Straße hinab bis zur Schänke, die einige Tische und Bänke vor dem Laden aufgebaut hatte. Und tatsächlich hockte Gernot allein auf einer Bank, vor sich einen Schoppen Apfelwein und las in einer Zeitung. Als er sie sah, zwinkerte er ihr zu, und sie hätte ihm dafür am liebsten eine Ohrfeige verpasst. »Dem Finanzamt sei Dank, dass ich heute hier bin«, fuhr sie ihn wütend an, und dann knipste sie ihn in genau dem Moment, in dem er ein selten dämliches Gesicht zog. Sie wusste, dass sie kindisch war, aber sie konnte damit nicht aufhören. Und als sie fertig war, entnahm sie der Kamera den Chip und brachte ihn sogleich in einen Drogeriemarkt, der noch geöffnet hatte. Dann steckte sie die fertigen Fotos in einen Umschlag, adressierte ihn an Sandra Schweikert und warf ihn in den Postkasten. Danach hatte sie das dringende Bedürfnis, sich die Hände zu waschen.

Neuntes Kapitel

Am nächsten Morgen traf sie pünktlich um zehn im Café Kante ein. Das Café war bis auf den letzten Platz belegt. Liebespaare teilten sich ein Croissant, einzelne Männer lasen die Tageszeitung, junge Familien versuchten vergeblich, ihre Kinder in Schach zu halten.

Gabriel saß an einem Ecktisch und blätterte in einer Motorsportzeitung. Nach ihrer Scheidung hatte er sich ein Motorrad gekauft und preschte an lauen Sommertagen damit durch den Taunus. Eva hatte nie verstanden, warum sich Männer in einem bestimmten Alter Motorräder zulegten und taten, als wären sie der Marlboro-Cowboy, aber sie taten es.

»Wartest du schon lange?« Sie gab ihm zur Begrüßung einen Kuss auf den Mund.

»Nein, ich bin gerade erst gekommen.« Gabriel lächelte sie an als wäre sie ein Lottogewinn. Und Eva musste zugeben, dass er wirklich gut aussah mit seinen 54 Jahren. Er war groß, noch immer sehr schlank, die Schläfen attraktiv ergraut, die blauen Augen so blank wie bei einem kleinen Jungen. Sie setzte sich, und sofort legte Gabriel seine Hand auf Evas. Dann rief er einen der Besitzer: »Norbert, wir hätten gern eine Flasche Sekt.«

»Ein besonderer Anlass?« Norbert blickte zu Gabriel, und dieser nickte.

»Kommt sofort.«

»Was haben wir denn für einen besonderen Anlass?«, wollte Eva wissen. »Hast du einen neuen Auftrag bekommen?

Oder eine neue Geschäftsidee?« Gabriel war freier Grafiker und Zeichner, und als Freiberufler, der nur hin und wieder Aufträge von Zeitungen und Zeitschriften erhielt, nicht gerade als reicher Mann zu bezeichnen.

Norbert brachte den Sekt, schenkte ein, und Gabriel hob sein Glas: »Meine liebe Eva. Wir kennen uns nun schon seit 25 Jahren und waren davon 18 miteinander verheiratet. Ich muss sagen, unsere Ehe war die schönste Zeit unseres Lebens, und …«

»Halt!« Eva hob die Hand. »Wir sind geschieden, hast du das vergessen? Und wir hatten gute Gründe für eine Scheidung.«

»Ach!«, Gabriel winkte ab. »Wir sind älter geworden, reifer und ruhiger. Niemand von uns möchte gern allein sein.«

»Zumindest nicht immer«, warf Eva ein.

»Und deshalb wollte ich dich heute bitten, mit mir noch einmal den Schritt vor den Traualtar zu wagen und meine Frau zu werden.«

»Was?« Eva war so erschrocken, dass ihr das Sektglas beinahe aus der Hand fiel. »Du willst was? Noch einmal heiraten? Frei nach dem Motto: Fehler, die man oft macht, beherrscht man besonders gut?«

Gabriels Lächeln wurde schmaler. »Du warst kein Fehler. Und ich kann nur hoffen, dass du mich nicht als Fehler in deinem Leben ansiehst.«

»Nein, das tue ich nicht.« Eva spürte, dass sie Gabriel aufs Tiefste gekränkt hatte. »Ich war und bin immer gern mit dir zusammen.«

»Dann können wir ja auch heiraten. Guck mal, wir sparen die Miete für eine Wohnung, und du weißt selbst am besten, dass sich auch die anderen Lebenshaltungskosten verringern. Strom und Heizung und so. Wir hätten mehr Geld als jetzt und könnten damit endlich die Reisen unternehmen, die wir schon immer machen wollten.« Er stellte sein Sektglas ab und sang leise: »Ich war noch niemals in New York, ich war noch niemals auf Hawaii.«

»Moment, ich brauche eine Minute.« Eva erhob sich und ging zur Toilette. Dort blickte sie in den Spiegel. Sie sah müde aus, mit Ringen unter den Augen und Krähenfüßen daneben. Ja, sie war wirklich sehr gern mit Gabriel zusammen, aber sie war auch sehr gern ohne ihn. Und dann war da noch Gernot. Zwar war sie im Augenblick nicht besonders gut auf ihn zu sprechen, aber sie hatten in den letzten Jahren schon viel Spaß zusammen gehabt. Andererseits wurde sie natürlich auch älter. Einen Gefährten an der Seite zu haben, war dann nicht das Schlechteste. Sie war jetzt Anfang fünfzig. Schon alt genug, um sich Gedanken um Pflegebedürftigkeit und Demenz, um karge Renten und behindertengerechte Betten zu machen? Sie schüttelte den Kopf, dann begab sie sich zurück in das Café.

»Dein Antrag, weißt du, es tut mir wirklich leid, aber ich kann ihn nicht annehmen.« Sie sagte es leise und vermied es dabei, Gabriel ins Gesicht zu sehen.

»Warum?« Er klang erbost, enttäuscht.

Jetzt blickte sie ihn an. »Ich glaube, du willst mich nur heiraten, um versorgt zu sein.«

»Versorgt? Ich glaube, du spinnst. Die Frauen heiraten, um versorgt zu sein. Ich habe immer mein eigenes Geld verdient.« Gabriel war jetzt so sauer, dass er mit den Fingern auf die Tischplatte trommelte.

»Ich meinte nicht die finanzielle Versorgung, sondern die emotionale. Männer in unserem Alter heiraten, weil sie Angst vor der Einsamkeit haben, weil sie befürchten, pflegebedürftig zu werden.«

»Ach, und du denkst, ich will dich heiraten, damit ich abends nicht so alleine vor meinem Fernseher hocke und damit du mir den Rücken mit Franzbranntwein einreibst?«

»Ja, das denke ich.« Eva fand sich selbst ein wenig grausam, aber sie wusste, dass ihre Gedanken in die richtige Richtung gingen. Sie selbst würde ja ebenfalls aus diesen Gründen noch einmal heiraten, nur eben jetzt noch nicht. In zehn Jahren vielleicht.

Gabriel erhob sich. »Den Samstagmorgen hatte ich mir wirklich anders vorgestellt. Du schaffst es immer wieder, Eva, mir meine Träume zu versauen.«

Eva nickte. »Ich weiß«, erwiderte sie, »aber alles andere wäre eine Lüge gewesen.«

Den Rest des Wochenendes verbrachte Eva nachdenklich. Sie dachte an Sophie und ihren Bruder, dachte an Konrad Auer und natürlich an Gernot und Gabriel. Es konnte gut sein, dass sie nun beide Liebhaber los war, und das würde ihr sehr, sehr leid tun und dazu führen, dass sie sich selbst einsam und nicht mehr begehrenswert fühlte, aber sie konnte einfach nicht anders. Jedenfalls war sie heilfroh, als am Montagmorgen ihr Wecker klingelte. Sie stand auf, zog sich einen schwarzen Rock, schwarze Pumps und eine schwarze Bluse an, schlüpfte in ein schwarzes Jackett und begab sich auf den Friedhof. Es fehlten noch 20 Minuten bis zehn Uhr, als sie vor der kleinen Kapelle stand. Von drinnen war Musik zu hören, und Eva schloss daraus, dass dort gerade jemand anderes verabschiedet wurde. Sie schaute sich um, aber außer einer alten Frau mit Gießkanne in der Hand war niemand da. Kurz überlegte sie, wo Sophies Sarg jetzt sein mochte. Gab es in der Kapelle einen Warteraum für Särge? Standen dort noch mehrere? Oder war sie allein?

Endlich kam vom Tor her Milan auf sie zu. Er sah müde aus, das Pony fiel ihm strähnig ins Gesicht, unter seinen Augen lagen dunkle Ringe. In der Hand hielt er einen riesigen Strauß mit weißen Rosen.

»Guten Morgen«, wünschte er, stellte sich neben sie, blickte auf den Boden und scharrte mit der Schuhspitze zwischen den kleinen Kieseln umher.

Eva wusste nicht, ob sie ihn in den Arm nehmen sollte. Er sah so verlassen aus wie das verlorenste Kind, doch sie kannte ihn nicht gut genug. »Haben Sie denn schlafen können?«, fragte sie stattdessen. Milan schüttelte den Kopf. »Es kommt mir plötzlich alles so sinnlos vor. Sophie ist einfach gestorben. An einem Aneurysma. Man hat mir gesagt, dass so etwas immer wieder vorkäme. Aber es hat mich nicht getröstet. Warum Sophie?«

Eva schluckte. »Ich habe keine Ahnung. Das Leben ist nicht gerecht, aber das wissen Sie ja bereits.«

Sie war froh, als sie Konrad Auer kommen sah. Der schüttelte Milan die Hand. »Und woher kannten Sie meine Schwester?«, fragte Milan.

»Ach, so, wie man sich in Bornheim eben kennt.«

»Wissen Sie etwas über ihren Liebhaber?« Konrad Auers Blick flog zu Eva, bevor er antwortete: »Nein, ich weiß nichts von einem festen Freund oder Lebensgefährten.«

Und damit hat er nicht einmal gelogen, dachte Eva.

Die Tür der Kapelle schwang auf, ein Sarg wurde herausgetragen, dem schluchzende Menschen folgten. Als die Kapelle leer war, die Blumen fortgebracht, trat der Bestattungsunternehmer auf die kleine Gruppe zu. »Wollen wir?«, fragte er, und sie nickten und beerdigten Sophie auf dieselbe unauffällige, stille Weise, wie sie gelebt hatte.

Danach lud Milan sie in ein Café ein. Konrad Auer sah auf seine Uhr. »Nun, ich weiß nicht so recht. Frau Sandmann müsste eigentlich längst wieder hinter ihrer Kasse sitzen. Und ich selbst habe auch nicht mehr so viel Zeit.«

Will er mich loswerden?, fragte sich Eva, und laut sagte sie: »Ich habe Frau Gundermann gebeten, mich heute zu vertreten. Wir haben die Schicht getauscht, ich muss erst um zwölf Uhr im Supermarkt sein.«

Auer kratzte sich am Kopf. »Ach so, naja. Wenn das so ist. Ein Espresso ginge vielleicht.«

Im Café saßen sie sich schweigend gegenüber. Der Kellner brachte die Getränke, als sich Auer endlich räusperte. »Und, wissen Sie schon, wie es mit dem Haus weitergeht? Sophie erzählte mir kürzlich, dass sie es verkaufen wollen.«

Milans Kopf ruckte hoch. »Sie hat mit Ihnen darüber gesprochen?«

Auer nickte. »Es ging darum, dass sie nicht wusste, wie viel das Haus wert ist. Ich sagte ihr, dass ein Gutachter den Wert schätzen könnte. Und ich sagte ihr auch, dass sie überlegen muss, was an dem Haus noch alles gemacht werden muss. Wie Sie vielleicht wissen, gibt es neue Bestimmungen zur Wärmedämmung und zu den Heizungen. Dazu kommen noch die Einnahmen aus dem Haus – die Mieten – und die Ausgaben für Versicherungen und Steuern.«

»Und was haben Sie ihr empfohlen?«

Auer trank seinen Espresso mit einem Zug leer. »Ich sagte ihr, dass zuerst einmal eine Kosten-Nutzen-Rechnung erstellt werden muss. Wie viel bringt das Haus monatlich ein? Wie hoch sind die Kosten für den Besitzer? Sie wissen schon, Grundsteuer, Brandversicherung und so weiter. Wenn in dem Haus zum Beispiel Mieter wohnen, die noch 20 Jahre alte Mietverträge haben und für heutige Verhältnisse viel zu wenig zahlen, nun, dann wird es schwer werden, eine gute Rendite zu erhalten. Wollen Sie aber neue Mieter oder die Wohnungen gleich in Eigentumswohnungen umwandeln, dann müssen Sie zuerst einmal investieren. Wie schon gesagt: Wärmedämmung, Heizung und was sonst noch so dazu kommt. Es kann gut sein, dass Sie erst einmal eine Menge Geld in die Hand nehmen müssen.«

»Wie viel ungefähr?« Milan wirkte noch niedergedrückter als auf dem Friedhof.

»Es kommt auf die bauliche Substanz an«, erwiderte Auer. »Ich habe von Leuten aus dem Viertel gehört, die 100.000 Euro in ihre alten Häuser stecken mussten. Haben Sie soviel Geld?«

Milan schüttelte den Kopf. »Natürlich nicht. Ich bin Doktorand.

Auer legte beide Unterarme verschränkt auf den Tisch. »Ich mache Ihnen einen Vorschlag. Einer meiner Freunde ist Gutachter. Wir können uns Ihr Haus einmal unverbindlich ansehen, damit Sie eine Hausnummer haben.«

Milan warf Konrad Auer einen dankbaren Blick zu, aber dann warf er ein: »Ich bin nur noch heute in Frankfurt. Und in den nächsten Wochen und Monaten habe ich Prüfungen und werde wenig Zeit haben, nach Frankfurt zu kommen. Andererseits hätte ich gern so schnell wie möglich eine Entscheidung.«

Auer lächelte, zog sein Smartphone aus der Tasche und stand auf. »Ich rede gleich mal mit meinem Freund. Vielleicht hat er ja zufällig heute Nachmittag noch einen Termin frei.«

Er stand auf und verließ das Café. Milan wandte sich an Eva. »Er ist so tüchtig«, sagte er verwundert. »Er weiß, wie man die Dinge anpacken muss.«

»Ja, das weiß er wahrhaftig«, antwortete Eva und seufzte. Sie hatte nicht gewusst, dass Auer seine Nase auch in Immobiliengeschäfte steckte, aber Eva fand, das passte zu ihm.

Sie sah auf ihre Uhr. »Es tut mir sehr leid, aber ich muss zur Arbeit.« Sie erhob sich, und auch Milan stand auf. Ungeschickt versuchte er, Eva zu umarmen, ließ dann aber seine lange Arme einfach hängen. »Es war schön, Sie kennengelernt zu haben«, sagte er. »Wenn auch die Umstände traurig waren. Ich hoffe, ich höre mal wieder von Ihnen.«

Eva nickte. »Machen Sie es gut. Und viel Glück bei Ihren Prüfungen. Ich werde hin und wieder mal nach Sophies Grab sehen. Sie werden ja in Zukunft nicht mehr so häufig in Frankfurt sein, oder?«

»Nein, ich möchte das Haus so schnell wie möglich verkaufen. Und nach dem Abschluss werde ich ins Ausland gehen. Ich habe Ihnen ja erzählt, dass ich ein gutes Angebot aus Barcelona erhalten habe.« Er sah sich um, beschrieb mit dem Arm einen Halbkreis. »Meine Erinnerungen an Frankfurt sind nicht mehr die besten. Ich möchte wirklich alles hinter mir lassen und in Barcelona ganz neu anfangen. In Deutschland hält mich nichts mehr.«

»Ich verstehe.«

Eva drückte ihm noch einmal fest die Hand, dann verließ sie das Café.

Draußen stand Auer mit dem Rücken zu ihr, und sie hörte, wie er in das Smartphone sagte: »Nein, es ist wirklich eilig. Heute oder nie. Du wirst sehen, es lohnt sich.« Er lauschte, dann sprach er weiter: »Also gut, heute um 17 Uhr. Ich werde da sein, und der Verkäufer natürlich auch. Ich werde ihn schon dazu bringen. Ja, ich melde mich gleich noch einmal und bestätige den Termin.« Dann steckte er das Telefon wieder zurück in seine Tasche.

»Ich wusste gar nicht, dass Sie sich mit Immobilien auskennen«, sagte Eva.

»Sie wissen vieles nicht, meine liebe Frau Sandmann.«

»Da haben Sie wohl recht. Aber jetzt gehe ich erst einmal zurück ins *Vollkorn*. Gibt es noch irgendetwas, das ich tun soll?«

Auer schürzte die Lippen. »Nein, mir fällt nichts Außergewöhnliches ein. Sehen Sie nur zu, dass der Riegel *Love &6* gut positioniert ist. Und füllen Sie sofort auf, sobald die kleinste Lücke entsteht.«

Zehntes Kapitel

Konrad Auer lief betont beschwingt vom Bornheimer Friedhof zurück in die Berger Straße. Allerdings hatte er dabei große Mühe, nicht an Sophie zu denken und wieder in rettungslose Traurigkeit zu verfallen. Er hielt sein Handy ans Ohr. »Karpinski, ich kenne dich nun schon so lange. Und ich weiß, dass es bei dir immer ein bisschen knapp ist, schließlich kauft deine Frau bei uns ein. 500 Euro noch heute Nachmittag auf die Hand. Steuerfrei. Nein, natürlich weiß ich, dass du einen guten Ruf als Gutachter hast, aber du musst mich auch verstehen. Ich kann deiner Tochter eine Lehrstelle bei uns anbieten, obwohl ihre Leistungen nicht eben berauschend sind. Herrgott, sie hat einen Hauptschulabschluss! Aber dafür musst du mir in anderer Hinsicht schon ein bisschen entgegen kommen. Gut. Na bitte, wir verstehen uns doch. Also, um 17 Uhr in der Spessartstraße. Und vergiss nicht, es geht hier nur um eine Gefälligkeit. Sozusagen um ein mündliches Gutachten. Wenn der Hausbesitzer es schriftlich will, dann dauert das und verursacht Zusatzkosten. Und das will er ja unbedingt vermeiden. Du gehst also gar kein Risiko ein. Es ist eher ein Freundschaftsdienst, und niemand wird dich später auf deine Einschätzung hin festnageln können, weil sie ja nur mündlich erfolgt ist, und zwar vor dem Hausbesitzer und mir. Gut, dann machen wir das so.«

Auer hatte mittlerweile das Bethanien-Krankenhaus erreicht. An einem leer stehenden Gebäude, das er sich sehr genau anschaute, klebten Plakate: »Keine Miethaie in Bornheim.

Bezahlbare Wohnungen für alle!« Auer verzog geringschätzig den Mund. Nur der Tüchtige erntet die Lorbeeren, dachte er und war stolz auf sich.

Als Eva im Supermarkt eintraf, fehlten noch zehn Minuten bis zwölf Uhr. »Ich muss noch etwas im Büro erledigen«, erklärte sie ihrer Vertretung, Frau Gundermann. »Aber es dauert nicht lange, du kannst pünktlich Feierabend machen.«

Eva hatte es sich nicht anmerken lassen, aber sie war schon sehr erstaunt über Auers Immobilienkenntnisse. Es klang fast, als wolle er dieses Haus kaufen, dachte sie. Aber woher hat er das Geld dafür? Eigentlich ging sie das alles gar nichts an, und eigentlich interessierte sie sich auch nicht besonders für Konrad Auers Privatleben. Aber in diesem Falle tat sie es doch. Sie wusste selbst nicht genau, warum. War es, weil sie sich für Sophie und ihr Erbe verantwortlich fühlte? War es, weil sie noch immer ein wenig verärgert darüber war, wie Konrad Auer sich bei dem Todesfall verhalten hatte? Oder lag es an Milans Unbeholfenheit?

Im Büro bewegte sie die Computermaus, aber auf dem Bildschirm erschien nur die Aufforderung, sie solle das Passwort eingeben. Und dieses wusste sie natürlich nicht. Sie versuchte es mit »Lena« und den Namen der beiden Töchter, aber der Bildschirm blieb dunkel. Also las sie die beschrifteten Ordner, die in einem Regal standen und die niemand außer Auer anfassen durfte. Sie fand keinen Ordner mit der Aufschrift »Haus« und auch keinen mit »Immobilien«, also zog den Ordner mit der Aufschrift »Bestellungen« heraus, blätterte hektisch darin herum und stieß schließlich auf ein Fax, in dem Auer noch weitere 1.000 *Love & 6*-Riegel bestellt hatte. Sie las genauer, und war erstaunt über den Rabatt, den der Lieferant Auer bei dieser Menge einräumte. Kurz überschlug sie im Kopf. Wenn Auer jeden Monat tatsächlich 1.000 Riegel verkaufte, dann machte er einen beträchtlichen Gewinn.

Sie stellte den Ordner zurück ins Regal und nahm sich einen anderen mit der Aufschrift »Korrespondenz« vor. Das oberste Schreiben war die Kopie eines Briefes, den Konrad Auer an alle Senioreneinrichtungen der Stadt geschickt hatte, denn dahinter fand sich eine abgehakte Liste mit den Adressen. In dem Schreiben stand, dass er anbot, einmal in der Woche private Bestellungen der Bewohner frei Haus zu liefern, aber im Gegenzug dafür verlangte, dass die *Love & 6*-Riegel einmal wöchentlich als Nachtisch gereicht wurden. Eva blätterte weiter, und erfuhr, dass Auer auf die Art noch einmal etwas mehr als 5.000 Riegel in der Woche verkaufen würde. Ebenfalls hatte er den Riegel allen Sportstudios der Stadt angeboten. Von draußen schlug die Glocke der nahen St. Josef-Gemeinde die zwölfte Stunde. Eilig verbarg Eva den Ordner an seinem alten Platz, und als Konrad Auer seinen Supermarkt betrat, saß sie so brav und eifrig hinter ihrer Kasse, wie es sich gehörte.

Es war nicht besonders viel los. Die Schüler und die Angestellten, die sich mittags ihre Salate und Joghurts, ihre Smoothies und ihr Dinkelgebäck kauften, waren schon durch, und der Nachmittagsbetrieb hatte noch nicht begonnen. Die Zeit kurz nach Mittag war im Allgemeinen eine ruhige Zeit. Es reichte, wenn eine Kasse geöffnet blieb. Also räumte Eva Agavensirup und Kokosblütenzucker in die Regale, wischte verklebte Sojamilchkartons sauber, zeichnete den eingeschweißten Räuchertofu aus, setzte den Preis für die schwer verkäuflichen und nahe am Mindesthaltbarkeitsdatum liegenden Algenchips um 30 Prozent herunter und entfernte ungültige Zettel vom schwarzen Brett im Eingang. Die Stunden schleppten sich wie Blei dahin, und als es endlich Zeit war, den Laden zu schließen, fühlte sich Eva erschöpfter als gewöhnlich.

Konrad Auer fand seine Frau in der Küche, als er nach Hause kam. Er beugte sich über sie und wollte sie auf den Mund küssen, aber Lena drehte sich weg, und in diesem Moment sah Auer die leergegessene Packung mit Bio-Schaumküssen und wusste, was die Stunde geschlagen hatte. Lena hatte schon lange keine Schaumküsse mehr gegessen, obgleich sie ihre Lieblingssüßigkeit waren. Sie hatte wegen der Kalorien, des Zuckers und des Cholesterins darauf verzichtet. Am Anfang hatte sie sich mit Konrads Küssen über den süßen Verlust hinweggetröstet, aber mittlerweile waren sie so lange verheiratet, dass die Schokoküsse einfach besser schmeckten als Konrads ewig gleiche Küsse. So jedenfalls hatte Lena es ihm erklärt. Und tatsächlich war es so, dass er nicht geküsst wurde, wenn Schaumküsse im Hause waren. Am Anfang hatte ihn das gestört, aber Lena hatte ihm erklärt, dass es doch ein Kompliment wäre, seine Küsse mit Schaumküssen zu vergleichen, und Konrad hatte sich damit abgefunden.

»Ich habe ihn an der Angel. Der sitzt so fest, da kommt der nicht mehr los.« Konrad warf die leere Packung in den Mülleimer.

»Von wem sprichst du eigentlich?« Lena pustete sich eine Strähne ihres frisch blondierten Haares aus der Stirn. Sie saß am Küchentisch, vor sich ein Mathematikbuch aus der 4. Klasse und kritzelte in ein Heft, das mit Pferdebildern beklebt war.

Auer lächelte überlegen, nahm das Pfund Bio-Möhren aus dem Kühlschrank und begann, diese zu schälen. »Die Spessartstraße, du erinnerst dich?«

»War das nicht mal zwischenzeitlich vom Tisch?«

»Ja, da die Besitzerin gestorben ist. Ich war heute mit Karpinski beim Erben. Wir haben ihm erzählt, dass das Dach möglicherweise neu gedeckt werden muss, die Heizungsanlage nicht mehr den Vorschriften entspricht und das er überdies dämmen muss.« Konrad Auer lachte, als er daran dachte. »Er müsste rund 100.000 Euro investieren, hat ihm Karpinski erklärt. Das war ihm zuviel, also wird er verkaufen. Ich habe ihm gesagt, dass ich Interesse habe. »Um das Andenken der Verstorbenen zu ehren«. Er machte das Zeichen für Gänsefüßchen in die Luft.

»Und das hat dir der Besitzer geglaubt?« Lena verzog den Mund.

»Ja. Hat er. Er ist jung und idealistisch. Außerdem promoviert er gerade in Philosophie. Solchen Typen geht es nicht ums Geld.«

»Und Karpinski? Was hast du an ihn abdrücken müssen?«

»50 Euro, bar auf die Hand. Und eine Lehrstelle für seine Hauptschultochter.«

Lena prustete los. »Kann die überhaupt das kleine Einmaleins?«

»Ja, das ist der einzige Haken an der Sache. Aber ich werde Eva Sandmann zur Lehrbeauftragten machen. Soll die sich mit der Kleinen rumschlagen.«

Konrad schob die Möhrenschalen mit der Hand zusammen und steckte sie in den Mülleimer. »Was machst du da eigentlich?«, wollte er wissen.

»Ach«, Lena wedelte mit der Hand, »nichts Besonderes. Nur die Hausaufgaben von Marie-Therese.«

»Wie bitte? Du machst ihre Hausaufgaben?« Er kam näher, blickte ihr über die Schulter. »Und du schreibst sie gleich in ihr Heft? Verstellst du etwa sogar deine Schrift? Was soll denn das?«

Lena wirkte ein wenig verlegen. »Es ist doch nur ausnahmsweise.«

»Warum?« Auer ließ nicht locker.

Lena seufzte. »Seit wir in der Schule waren, hat Marie-Therese das Gefühl, dass Frau Scheidewald sie nicht mehr mag. Immerzu muss sie ihre Hausaufgaben zeigen, wird an die Tafel gerufen und im Unterricht dran genommen. Das verstört unsere Marie-Therese. So sehr, dass sie sich an ihre Hausaufgaben gar nicht mehr dran wagt.«

»Und deshalb machst du sie ihr nun?«

»Naja, sie soll ja nicht mit einer schlechten Mathenote auf das Schweizer Internat gehen. Wir müssen ihr schon ein bisschen helfen, die Weichen zu ihren Gunsten zu stellen. Oder willst du vielleicht, dass man sie dort auslacht? Überlege mal, was das mit der kindlichen Seele macht!«

Konrad hätte ihr am liebsten das Heft aus der Hand gerissen und sie angebrüllt, dass sie damit alles nur noch schlimmer machte. Aber er tat es nicht, sondern seufzte nur laut auf. »Mach die Aufgaben wenigstens mit ihr zusammen, damit sie dabei noch etwas lernt.«

Aus dem Kinderzimmer war lautes Gelächter zu hören. Konrad deutete mit dem Schälmesser in diese Richtung. »Sind das unsere Kinder, die ich da lachen höre?«

Lena grinste ein wenig. »Ja.«

»Und du bist sicher, dass du nach dem Ballett die richtigen eingepackt hast? Wieso sind sie so gut gelaunt? Sie lachen doch sonst fast nie.«

»Ich habe Marie-Therese erklärt, dass sie auf dem Schweizer Internat nur nette Lehrer haben wird, weil wir dafür sorgen werden, dass sie nett zu ihr sind. Und ich habe ihr erzählt, dass sie bald nicht mehr ihre doofe Frau Scheidwald sehen muss, die sowieso eine schlechte Lehrerin ist und ihr – also

Marie-Therese – nicht gerecht wird, weil sie zu dumm ist, ihr Potenzial zu erkennen. Das hat ihr gefallen.«

»Du hast ihr gesagt, sie wäre zu klug für ihre jetzige Schule, stimmts?«

Lena nickte stolz. »Man muss die Kinder ermutigen und bestätigen. Das kannst du überall nachlesen. Außerdem hat Marie-Therese etwas ganz Besonderes an sich.«

Im selben Augenblick hörte er seine ältere Tochter auch schon brüllen: »Gib mir endlich dein Buch, du Spacken.«

»Aber es ist meines.«

»Na und, ich bin was Besonderes. Es steht mir zu.«

Konrad Auer seufzte, aber als er Lenas glückstrahlendes Gesicht sah, gab er sich zufrieden. Lieber eine gut gelaunte Lena als die Wahrheit. Die Leute glaubten ohnehin nur das, was sie glauben wollten, und er hatte es sich zum Motto gemacht, ihnen genau das zu sagen, was sie hören wollten. In seiner Ehe machte er es genauso, und er stellte fest, dass er damit bei Lena und den Mädchen erfolgreich war. Zwar wurden sie ihm dadurch von Jahr zu Jahr fremder, aber irgendeinen Preis hatte schließlich alles. Und für den Familienfrieden war ihm dieser Preis nicht zu hoch. Apropos Preis. »Ich fürchte, wir müssen einen Kredit aufnehmen, um das Haus zu kaufen.«

Lena zuckte mit den Achseln. »Na, und? Du kennst doch den Filialleiter der Bank. Wo liegt das Problem?«

»Es gibt keines. Der Supermarkt ist zur Hälfte abbezahlt, und der Umsatz steigt stetig. Wenn wir uns richtig Mühe geben, reicht allein der Gewinn der Riegel aus, um die Kreditraten abzutragen.«

»Dann gehst du am besten gleich morgen zur Bank.«

Konrad Auer schüttelte den Kopf. »Nein. Ich werde erst abwarten, bis sich der Verkäufer entschieden hat.«

Lena schürzte die Lippen. »Das dauert alles so ewig. Denk daran, ab September brauchen wir das Geld für Marie-Thereses Internat.«

Konrad Auer hätte gern angeregt, sich das mit dem Internat noch einmal zu überlegen, aber er schwieg, weil er Lena nicht kränken wollte. Sie war eine gute Mutter, das sagten alle. Doch er wusste, dass sie von ihren Töchtern erwartete, alle die Träume zu erfüllen, die für Lena selbst nicht in Erfüllung gegangen waren. Und dazu gehörte eben auch ein Internat in der Schweiz. Lena hatte ihm einmal erzählt, dass sie die *Hanni und Nanni*-Bücher eben deshalb so heiß geliebt hatte.

»Ein Problem gibt es allerdings noch. In dem Haus wohnen zwei alteingesessene Familien mit alten Mietverträgen. Stell dir bloß mal vor, die zahlen für eine Dreizimmerwohnung 750 Euro! So geht das natürlich nicht weiter. Wir werden das Haus sanieren müssen, damit wir die Mieter loswerden. Und ob wir danach Eigentumswohnungen daraus machen oder ob wir selbst vermieten, müssen wir nicht jetzt entscheiden. Fest steht nur, dass die Wohnungen dann erheblich mehr, mindestens so um die 1.200 Euro kosten werden.«

Lena lächelte ihn an, dann klappte sie das Mathebuch zu, erhob sich und schmiegte sich an Konrads Brust. »Ich habe doch gewusst, dass du alles hinkriegst, wenn du dir ein bisschen Mühe gibst. Deshalb habe ich dich ja auch geheiratet.« Sie sah zu ihm auf. »Nur manchmal muss man dich eben ein bisschen anschubsen.« Dann löste sie sich von ihm, griff eine Flasche Rotwein aus dem Weinregal. »Du kannst den hier schon mal öffnen, damit er atmen kann. Und die hier kannst du auch schon mal aus der Verpackung nehmen.« Lena zog zwei Riegel *Love & 6* aus einer Schublade und reichte sie ihrem Mann. Konrad Auer lächelte, denn er wusste, das war seine Belohnung: Rotwein und Sex.

Elftes Kapitel

Sechs Wochen waren vergangen, seit Sophie gestorben war. Eva hatte Gabriel seither weder gesehen noch gesprochen. Er schmollte, aber das störte Eva im Augenblick nicht besonders. Erstens schmollte Gabriel immer, wenn etwas nicht nach seinem Kopf ging, und zweitens war Eva so sehr mit Gernot beschäftigt, dass sie gar keine Zeit für einen zweiten Mann in ihrem Leben hatte. Sie war Gernot in der letzten Zeit ständig gefolgt, hatte ihn beim Blumenkaufen für Sandra fotografiert und beim Einkaufen auf dem Markt, ganz versunken in die Betrachtung eines Blumenkohls. Sie hatte ihn in allen möglichen Lebenslagen geknipst, und jetzt war sie mit Sandra Schweikert verabredet, um ihr die restlichen Fotos zu übergeben. Sandra hatte darauf bestanden, dass sie sich im veganen Café *tierlieb* trafen, und Eva fand das ein bisschen bizarr, da ja ihr letztes Treffen mit Gernot gleichfalls genau dort stattgefunden hatte. Als sie eintraf, saß Sandra Schweikert schon da. Eva betrachtete sie ausführlich: Sie war nicht unbedingt eine attraktive Frau, aber sie kleidete sich mit viel Geschmack und Stil. Ihr Haar war zu einem dunklen Pagenschnitt frisiert und glänzte gesund, der Mund war mit rosenholzfarbenen, unauffälligen Lippenstift betont, die Kleidung klassisch und mit witzigen Accessoires aufgepeppt. Sie las in der Speisekarte und verzog ab und zu den Mund.

»Guten Tag!«, Eva setzte sich und ließ sich von Sandra Schweikert so genau mustern, wie sie es selbst gerade getan hatte. Anscheinend war sie gut dabei weggekommen, denn

Sandra lächelte jetzt und beugte sich ein wenig nach vorn. »Die Preise hier sind obszön hoch. Aber in unserem Alter nimmt man eben alles in Kauf, um gesund und einigermaßen ansehnlich zu bleiben, nicht wahr?«

Eva nickte. Sie war zwar nicht ganz so gestylt wie Sandra Schweikert, aber sie wusste genau, wovon Gernots Frau sprach. Auch ihre Haut wurde schlaffer, die Augenringe tiefer, die Falten ausgeprägter. Und obgleich Eva es nie zugegeben hätte, so tat sie doch auch einiges, um den Verfallsprozess aufzuhalten. Sie peelte ihr Gesicht jede Woche und legte eine selbstgemachte Quark-Honig-Maske auf, sie benutzte Haarkuren, Concealer und Antiaging-Serum, und ihre Ausgaben für ein gutes Make-up wurden immer höher. Allerdings hatte sie absolut keine Lust, sich hier mit Sandra Schweikert zu verschwestern, denn immerhin war Gernot ja ihr Liebhaber und seine Frau ihre Auftraggeberin. Deshalb holte sie den braunen Umschlag aus ihrer Tasche und legte ihn vor Sandra auf den Tisch. Sandra ignorierte den Umschlag und fragte: »Und? Was haben Sie herausgefunden? Hat mein Mann eine andere? Eine Jüngere? Ich wette, sie sieht aus wie die Almased-Tussi aus dem Fernsehen. Geschmack hatte er immer.«

Eva sah, dass Sandras Mundwinkel leicht zitterten. Sie hat Angst, dachte sie. Angst, verlassen zu werden, allein alt zu sein.

»Sie müssen sich keine Sorgen machen, Frau Schweikert. Ich habe Ihren Mann nun rund sechs Wochen beobachtet, aber ich habe keine andere Frau in seiner Nähe entdecken können.«

»Und Sie sind da ganz sicher?«

»Absolut.«

Sandra atmete so heftig aus, dass Eva beinahe darüber erschrak. Sie sah der Frau an, was für ein großer Stein ihr vom Herzen gefallen war. Einen Augenblick lang fühlte sie sich schuldig. Aber dann tat sie etwas, das alle klugen Frauen taten: Sie suchte nach Begründungen, warum ihr Verhältnis mit Gernot für Stabilität in der Beziehung zu Sandra sorgte. Wenn ich mit ihm ins Bett gehe, dachte Eva, dann gebe ich ihm, was ihm bei seiner Frau fehlt. Gäbe es mich nicht, so würde er Sandra ganz sicher »richtig« betrügen und am Ende sogar verlassen.

»Wollen Sie sich die Fotos nicht anschauen?«

Sandra lächelte, sah plötzlich um Jahre jünger und entspannter aus und schüttelte den Kopf. »Nicht hier. Ich weiß gar nicht, ob ich die Bilder überhaupt sehen möchte. Es reicht mir, wenn ich weiß, dass er mir treu ist.«

Sie brach ab, malte verlegen einen Kreis auf die Tischplatte. »Wir sind schon so lange verheiratet, wissen Sie, und ich liebe ihn noch immer.« Sie blickte auf und fügte hinzu: »Obwohl er es nicht verdient hat, der Schuft.«

Dann nahm sie den Umschlag, steckte ihn in ihre Tasche und stand auf. »Ich danke Ihnen, Frau Sandmann. Ich danke Ihnen wirklich von ganzem Herzen.«

»Ich danke auch«, erwiderte Eva und dachte daran, dass sie das ganze schöne Geld gleich morgen dem Finanzamt überweisen musste.

Eva sah ihr durch die Schaufensterscheibe nach, und wieder fühlte sie sich schlecht, aber nicht so schlecht, dass sie auf Gernot verzichten wollte. Er war gut im Bett. Ziemlich gut sogar. Und wenn sie sich überlegte, wie viele von ihren Liebhabern wirklich gut waren, dann kam sie gerade auf zwei bis drei. Sie konnte es sich einfach noch nicht leisten, auf Gernot zu verzichten. Nicht, so lange sie noch das Bedürfnis nach Sex hatte. Mit Gabriel war es anders. Während Gernot der Mann fürs Bett war, war Gabriel der Mann, der ihr das Gefühl von Familie gab. Sie gingen zusammen ins Kino oder auf Wanderungen. Er versorgte sie, wenn sie krank war, half ihr bei der

Steuer und bohrte Löcher in ihre Wand, an der sie Bilder aufhängen konnte. Außerdem lasen sie die gleichen Bücher und liebten dieselbe Musik.

Eva seufzte, als sie an ihre beiden Männer dachte. Ich muss Gabriel anrufen, beschloss sie, stand auf, zahlte und ging.

»Wie geht es dir?« Ihre Stimme, die eine halbe Stunde später durch das Telefon bis zu Gabriel klang, kam ihr selbst ein bisschen blass vor.

»Gut. Wie soll es mir schon gehen. Ich habe von der Frau, die ich liebe, einen Korb bekommen, ein großer Auftrag ist mir durch die Lappen gegangen und außerdem habe ich mir den Fuß umgeknickt und gehe an Krücken. Bänderriss, hat der Arzt gesagt.«

»Oh, das tut mir leid. Das tut mir so wahnsinnig leid«, beteuerte Eva und fühlte sich ganz schlecht. »Kann ich etwas für dich tun?«

»Du meinst, außer mich zu heiraten? Nein, ich komme schon klar.«

Jetzt erst begriff Eva, wie sehr sie Gabriel mit ihrer Ablehnung gekränkt hatte. »Was hältst du davon, wenn ich ein bisschen was einkaufe und dann bei dir vorbei komme? Ich könnte für dich kochen.«

»Eva, du kannst nicht kochen. Gekocht habe immer ich. Das einzige, was du zustande kriegst, ist eine Schwarzwälder Kirschtorte. Weiß der Himmel, wieso gerade eine Schwarzwälder.«

»Ich könnte Brot und Käse kaufen. Und Weintrauben. Und alles, was du sonst noch brauchst.« Sie hasste sich beinahe dafür, dass ihre Stimme so bittend klang. Seit dem Nachmittag mit Sandra Schweikert wusste sie, dass sie Gabriel nicht verlieren wollte. Nicht Gabriel und auch Gernot nicht.

»Was ist mit Schokolade?«, wollte Gabriel wissen. »Ist die auch im Entschuldigungspaket enthalten?«

Er kannte sie gut. Er kannte sie viel zu gut. Kein Wunder, sie waren schließlich lange genug verheiratet gewesen.

»Ja. Schokolade auch.«

»Wein?«

»Welche Sorte?«

»Natürlich ein guter Chablis.«

»In einer halben Stunde bin ich da.«

Eva war selbst erstaunt, wie unbeschwert sie sich plötzlich fühlte. Naja, nicht ganz unbeschwert, aber sie wusste jetzt, dass Gabriel ihr verziehen hatte. Und wenn jetzt auch noch Gernot Kontakt mit ihr aufnahm, dann war ihre Welt wieder in Ordnung.

Zwölftes Kapitel

»Sie müssen beide hier unterschreiben.« Der Notar schob ihnen zwei Kugelschreiber über den Tisch. Lena griff sich ihren zuerst, zog die Blätter zu sich heran, las und setzte schwungvoll ihren Namen auf die vorgezeichnete Linie.

Dann lächelte sie ihr mittlerweile seltenes, aber noch immer herzzerreißend schönes Lächeln und strich Konrad kurz über den Arm. »Jetzt du.«

Konrad unterschrieb, und kaum hatten sie den Notar verlassen, als Lena sich glücklich bei ihm einhängte. »Jetzt haben wir unsere erste Immobilie. Ich finde, das sollten wir feiern.« Sie zog Konrad in ein angesagtes Bistro, bestellte Champagner, stieß mit ihm an: »Auf weitere Häuser.« Konrad zog sein Glas zurück. »Eines reicht doch jetzt erst einmal. Es gibt so viel zu tun. Wir müssen die Mieter rauskriegen, die Wände dämmen und so weiter und so weiter. Das kostet alles. Und ehrlich gesagt, reicht mir erst einmal auch der Stress.«

Lena zog einen Schmollmund. Bei jeder anderen Frau über 30 würde das albern wirken, aber nicht bei Lena, denn sie war wirklich manchmal wie ein Kind. Sie konnte mit dem Fuß auf dem Boden ausstampfen, wenn ihr etwas nicht passte, sie war überschwänglich in ihrer Freude und maßlos im Zorn.

»Ehrlich gesagt, mir hat die ganze Sache keinen großen Spaß gemacht.«

Lena trank einen Schluck, legte den Kopf schief. »Wieso nicht? Du hast ein gutes Geschäft gemacht. Liebst du das Geld etwa nicht?«

Konrad überlegte. Liebte er das Geld? Ja. Das tat er. Aber er hatte auch festgestellt, dass er nun, da er mehr davon hatte, nicht glücklicher war als in seinen ärmeren Zeiten. Im Gegenteil. Er musste jetzt höllisch aufpassen, dass er sich genau so gab, wie es das Image verlangte. Wie es Lena von ihm erwartete: teure Polo-Shirts mit einem Krokodil oder Polospieler darauf. Wein- und Whiskeykenntnisse, Architekturmagazine und Mitgliedschaften in Clubs für Sportarten, auf die er keine Lust hatte. Doch wenn er Lena ansah, dann sah er auch, wie wichtig ihr diese Dinge waren. Früher war sie schön gewesen. Schön und lebendig. Jetzt war sie unsicher. Unter ihrer dünnen Haut auf der Stirn schimmerten die blauen Adern durch. Auch die Haut unter ihren Augen war dünn geworden. Dünn und faltig. Sie wusste es nicht, aber diese Falten rührten Konrad. Für diese Falten, einziges äußeres Zeichen ihrer Verletzbarkeit, tat Konrad alles. Beinahe alles. Er kaufte sogar das Haus seiner ehemaligen Geliebten und zog deren Bruder dabei gnadenlos über den Tisch.

Konrad trank sein Glas aus. »Komm, lass uns gehen. Ich möchte noch joggen.«

»Mitten in der Woche?«

»Ja. Mir ist heute danach.«

Lena lachte auf. »Der Erfolg ist dir doch hoffentlich nicht zu Kopf gestiegen.« Sie hakte sich bei ihm unter, schmiegte sich an ihn. Und Konrad strich ihr über das Haar und war entsetzt darüber, wie sehr ihn Lena verkannte. Nein, er war nicht glücklich heute. Ganz und gar nicht. Er war tieftraurig. Erst jetzt war ihm endgültig klar geworden, dass Sophie tot war. Erst jetzt war ihm endgültig klar geworden, dass seine Lebensalternative in einem Holzsarg unter der Erde begraben lag. Von jetzt an würde er Lena treu bleiben müssen. Nicht, weil er sich das so wünschte, sondern weil es nichts mehr gab, das er lieben könnte. Seine Angst, das Geliebte zu verlieren, war so groß geworden, dass er sich nicht mehr traute zu lieben. Außer Lena und die beiden Mädchen. Er machte sich behutsam von Lena los. Plötzlich konnte er sie nicht mehr ertragen. Nicht ihren stets perfekt massierten, epilierten und eingecremten Yogakörper, nicht mehr ihre bonbonfarbenen Dessous, nicht mehr das Pfefferspray und die Gaspistole in ihrer Handtasche, die sie vor permanenten eingebildeten Bedrohungen schützen sollte. Und vor allem nicht mehr ihre kleinkarierten Meinungen und Ansichten. Ihr Lachen, ihr kleines, kleinliches Glück über das Haus. Ihr kleines Leben, das sie ihm aufzwang. Ein Leben ohne Wert und ohne Werte. Ein Leben, das so leer war wie ihre Herzen und ihre Köpfe. Das alles sah Konrad überdeutlich. Seine Schritte wurden plötzlich schwer, er bekam die Füße kaum vom Boden hoch. Auf seine Schultern senkte sich eine Schwere, von der er wusste, dass er sie nie mehr loswerden würde. Ihm war, als wäre sein Leben heute zu Ende. Ihm war, als gäbe es mit dem heutigen Tag keine Hoffnung mehr für ihn, und mit der Unterzeichnung des Hauskaufvertrages hatte er dem Teufel seine Seele verschrieben.

Dreizehntes Kapitel

Eva Sandmann saß hinter ihrer Kasse und spähte zwischen den Regalen hindurch. In der letzten Zeit war im Laden einiges gestohlen wurden, und der Chef hatte Eva beauftragt, auf alles Verdächtige zu achten. Er hatte ihr sogar eine Prämie für jeden gefassten Dieb versprochen. Sie entdeckte Frau Neumann, die mal wieder jeden einzelnen Apfel befühlte, und weiter hinten Lena Auer mit ihren beiden Töchtern. Eva mochte Lena Auer nicht besonders, und das lag daran, dass sie von Lena immer wie eine Dienstbotin behandelt wurde und oft Rede und Antwort stehen musste, warum die Algenchips nicht da waren oder warum es keinen Humus mit Cashewkernen gab.

Gerade eben war die Kasse leer gewesen, aber jetzt kamen alle auf einmal. Lena bremste Frau Neumann aus und erreichte als erste das Kassenband. »Ich habe nur geschwefelte Apfelringe gefunden«, beschwerte sie sich. »Sind die anderen etwa nicht mehr am Lager?« Eva zuckte mit den Schultern. »Ihr Mann macht die Bestellungen.«

»Ja, aber er erwartet sicherlich von seinem Kassenpersonal, dass sie ihn auf fehlende Produkte aufmerksam machen. Wie zum Beispiel ungeschwefelte Apfelringe.«

»Ich werde es ausrichten«, erwiderte Eva und warf einen Blick auf die beiden Mädchen, die sich ungeniert Liebesriegel in die Taschen steckten.

»Ei, was macht ihr denn da, ihr Mädscher?«, unterzog Frau Neumann die beiden einem strengen Verhör. »Ihr könnt doch net aafach die Sache in eure Taschen stecken. Die müsse doch erst bezahlt werden.«

Marie-Therese reckte den Hals. »Müssen wir gar nicht, uns gehört nämlich der Supermarkt. Ich kann alles mitnehmen, was ich will.«

Frau Neumann verzog das Gesicht. »So, so.« Lena guckte stolz.

»Und wie heißt ihr beiden Kinner?«, setzte Frau Neumann ihr Verhör fort.

»Marie-Therese und Anna-Amalia.«

Frau Neumann riss verblüfft die Augen auf. »Ei, dann seid ihr wohl zwei Prinzessinne von Hessen-Nassau oder so was?«

Lena guckte noch stolzer, aber Frau Neumann schüttelte entrüstet den Kopf. »Marie-Therese und Anna-Amalia. Früher hieße die klaa Mädscher Susi und Kathrinchen. Und jetzt machen alle uff adelisch. Sieh, Frau Sandmann, des eine sach ich ihne. Dafür habe ich 1968 net mein BH verbrannt.« Eva unterdrückte ein Kichern. Aber jetzt kam noch Frau Löffler hinzu. »Ei, Frau Neumann, die heißen heutzutache alle so. Neulich war ich auf dem Kinnergebotztach von meim Enkelche. Da hießen die Kinder Emilia-Mathilda und Sören-Benedikt. Bloß der kleine Ali vom Dönerladen hieß nur Ali.«

Lena sackte ihre Lebensmittel ein: »Die Abrechnung tätigen Sie bitte mit meinem Mann«, dann nahm sie ihre beiden Prinzessinnen an die Hand und stürmte aus dem Laden. Mitten in der Tür blieb sie jedoch stehen, fummelte den Autoschlüssel aus ihrer Jacke und entriegelte ihren SUV so auffällig, dass selbst Frau Neumann es bemerken musste. Die stellte ihren Einkaufskorb ab, verschränkte die Arme unter ihren gewaltigen Brüsten und bemerkte: »Da heiße se beide wie Prinzessinne und dann fahre sie in so ’nem Bauernauto rum.«

Niemand achtete auf den jungen Mann, der einen auffälligen roten Handzettel an das schwarze Brett des Supermarktes heftete. Aber später sollte Eva wissen, dass dieser Handzettel der Anfang vom Ende war. Und schon stand der junge Mann bei ihr an der Kasse. »Ich möchte Sie alle bitten, das hier zu unterschreiben.« Eva nahm ihm die Liste auf dem Klemmbrett ab. »Bornheim den Bornheimern. Gegen Mietwucher und Gentrifizierung.«

»Gentrifizierung? Ei, was soll denn dess sei'?«, wollte Frau Neumann wissen.

»Jemand kauft ein Haus, saniert es von Grund auf und vermietet es neu zum doppelten Preis oder verkauft die Wohnungen als Eigentumswohnungen. Auf diese Art werden die Alteingesessenen in andere Stadtteile abgeschoben und hier entsteht eine Yuppie-Siedlung.« Der junge Mann hielt Frau Neumann seinen Stift hin. »Sie sollten auch unterschreiben.«

»Ei, ich brauch da net unnerschreibe«, teilte Frau Neumann ihm brüsk mit. »Mir habbe auch ein Haus auf der Berger Straß', aber wir vermieten so, wie's der Mietspiegel vorschreibt.« Frau Löffler aber nahm sich den Stift und setzte groß und breit ihren Namen auf die Liste. »Ich bin auch dagesche«, teilte sie mit. »Unser Nachbarhaus, da müssense jetzt auch alle raus. Das hat einer gekaaft und will jetzt alles anderster machen. Und mei Freundin hat vierzich Jahr dort gewohnt! Jetzt hockt sie in Seggbach, wo sie kaan Mensche kennt.« Sie holte tief Luft. »Gucken Se sich doch ma uff der oberen Berger Straß' um. An jeder Ecke so ä Fingernachelstudio. So viele Finger gibt es in ganz Bornheim net, wie mer Nagelstudios habbe. Des is ä Schande, sache ich Ihne.« Dann packte sie ihren Einkauf und eilte hinaus. Frau Neumann verzog den Mund und blickte ihr nach. »Ei, so ganz unrecht hat se net. Un ich gehe jetzt mal zum Café Wiesehöfer. Dort is mein Mann schon. Der stopft sich wieder mit dene ungesättischte Fettsäure zu, dabei weiß doch jeder, des die Ungesättischte nich satt mache und schlecht fürs Blut sinn. Leschense mir ma noch vier von dene Liebesriggln mit auf.«

Zwei Stunden später fuhr ein Leichenwagen langsam durch die Berger Straße. Die Leute im Supermarkt hielten inne, in der Hand noch einen Sojapudding oder einen Bio-Apfel. Für einen Augenblick war es ganz still im Laden. Aber kaum war der Leichenwagen außer Sicht, ging die Betriebsamkeit weiter. Nur etwas hatte sich verändert: Ein Mann an der Kasse legte zehn Liebesriegel auf das Band. »Haben Sie den Leichenwagen gesehen?«, fragte er, und Eva nickte. »Da fällt einem doch grad wieder ein, dass wir alle sterblich sind.« Und eine Frau in mittleren Jahren nahm sich ebenfalls zwei Riegel. »Ja, man muss das Leben genießen, so lange man es noch kann.« Und selbst der Punker, der sonst immer nur die reduzierten Waren kaufte, nahm einen Riegel, betrachtete ihn von allen Seiten, bevor er ihn bezahlte. Später zählte Eva die Riegel und stellte fest, dass sie so viel Riegel verkauft hatten wie nie zuvor. »Macht der Tod Appetit auf die Liebe?«, fragte sie ihre Kollegin Frau Gundermann. Die zuckte mit den Schultern. »Fest steht nur, dass wir heute sogar mehr *Love & 6* verkauft haben als an dem Tag, an dem das Mädchen hier drinnen gestorben ist. Auer wird sich freuen.«

»Vielleicht weisen wir ihn nicht unbedingt darauf hin. Sonst lässt er jeden Tag einen Leichenwagen die Berger Straße rauf und runter fahren«, erwiderte Eva, aber auch sie hatte plötzlich das Bedürfnis, sich ihrer Lebendigkeit zu versichern. Sie überlegte gerade, ob sie nicht vielleicht auch endlich einmal diesen Riegel testen sollte – am besten gemeinsam mit Gernot –, als der Chef in den Laden stürmte. »Habt Ihr schon gehört, den Neumann hats erwischt. Eben war er noch im Café, und wenig später ist er plötzlich zu Hause gestorben.«

»Herr Neumann? Frau Neumanns Günther?«

»Ja.« Auer rieb sich die Hände.

»Freuen Sie sich etwa darüber?«

Auer machte ein entsetztes Gesicht. »Natürlich nicht. Wie kommen Sie denn darauf?«

Frau Gundermann legte Eva eine Hand auf den Arm. »Er ist nicht anders als wir alle. Wenn jemand stirbt, freuen wir uns, dass es uns nicht erwischt hat.«

Konrad Auer lehnte in der Küche am Kühlschrank und sah seiner Frau zu, wie sie verschiedene Süßigkeiten und kleine Spielzeuge in bunte Tüten packte. »Was machst du da?«

»Deine Tochter hat Geburtstag. Die Kinder sind es gewöhnt, bei der Party ein Geschenk zu kriegen.«

Auer runzelte die Stirn. »Sollten sie nicht eigentlich ein Geschenk mitbringen? Macht man das nicht mehr, wenn man zu einem Geburtstag eingeladen ist?«

»Doch, das macht man noch so.« Lena schob sich eine Haarsträhne hinter das rechte Ohr. »Aber die meisten Geschenke sind so grottig, dass ich sie gleich wieder im Müll entsorge. Stell dir mal vor, letztes Jahr bei Marie-Therese hat ihr der Ali vom Dönerladen einen Granatapfel geschenkt. Also, ich möchte mal wissen, wo da die Freude sein soll. Ich wollte ihn ja auch gar nicht einladen, schließlich geht er auf eine Gesamtschule. Aber Marie-Therese hat darauf bestanden. Und die Mutter von Marius kam mit einer gerahmten Fotografie ihres Sohnes daher. Und das, wo Marie-Therese den Marius überhaupt nicht leiden kann. Ich tue jedenfalls dieses Jahr mal ein bisschen Kreide und Trillerpfeifen in die Geschenktüten. Das wird die Mütter schön ärgern.«

Konrad Auer schüttelte den Kopf und überlegte, ob er sich schon ein Glas Rotwein einschenken durfte. Eine offene, noch mehr als halbvolle Flasche stand neben dem Herd. Also griff er nach dem Wein, doch Lena stoppte ihn. »Lass den da stehen.«

»Warum? Er ist doch offen.«

»Ja, aber morgen Abend kommen Julia und Fabian zum gemeinsamen Kochen zu uns. Julia soll ruhig sehen, dass ich auch zum Kochen nur hochwertigen Bio-Wein nehme. Wenn du schon unbedingt Wein trinken musst, dann nimm den vom Aldi.«

Auer betrachtete seine Frau für einen Augenblick, als wäre sie ein seltsames Insekt, dann ignorierte er ihren Befehl und goss sich ein Glas von dem guten Bio-Kochwein ein.

»Herr Neumann ist gestorben«, erzählte er dann, hob sein Glas und sagte: »Auf das er in den Himmel kommt.«

»Kommt er. Auf jeden Fall.« Lena stopfte eine gritzegrüne Trillerpfeife in ein Geschenktütchen. »Der hat doch auf der Erde schon die Hölle gehabt. Bei der Frau!«

Ohne es zu wollen, musste Konrad kichern. »Ich wusste gar nicht, dass du die Neumanns kennst.«

»Tue ich auch nicht. Nicht solche Leute. Aber die Neumann hat die Namen unserer Kinder ins Lächerliche gezogen. Jetzt hat sie dafür ihre gerechte Strafe.«

»Der Tod ihres Mannes ist dafür die gerechte Strafe?« Konrad Auer wusste nicht, ob er sich darüber amüsieren oder aufregen sollte.

»Jedenfalls muss ich gleich morgen mit Karpinski reden«, sprach er weiter. »Wir müssen schnell noch zur Neumann, ehe die Tochter anreist. Der Alten gehört jetzt schließlich das Haus.«

»Oh!« Lena hob den Kopf, plötzlich über die Maßen interessiert. »Willst du ihr auch sagen, dass die Heizung veraltet und die Wände schlecht gedämmt sind?«

Auer nickte. »Mit dem Alten hatte ich schon mal gesprochen. Den habe ich ganz schön nervös gemacht, aber verkaufen wollte der nicht. Jedenfalls nicht gleich. ›Ein Haus‹, hat er gesagt, ›ist heutzutage mehr wert als ein dickes Sparkonto.‹ Wenn die Alte genauso denkt wie er, werde ich in ihrem Keller Schimmel finden müssen. Und wenn das nicht hilft, setz ich einfach ein paar Ratten aus und drohe mit dem Gesundheitsamt.«

»Igitt!«, schrie Lena auf. »Aber wasch dir hinterher gründlich die Hände.«

Konrad lachte auf. »Du willst doch immer noch ein Haus. Um jeden Preis. Und jetzt stellst du dich an, wenn ich ein paar Tricks anwende? Geld will verdient sein, liebe Lena.«

Eva war froh, dass sie einen ruhigen Abend verbringen durfte. Um sechs Uhr war Gernot vorbeigekommen. Sie hatten Espresso getrunken, koffeinfrei, weil Gernot sonst später nicht schlafen konnte. Danach hatten sie die Liebesriegel gegessen und waren im Bett gewesen, und Eva hatte sich gefragt, ob Gernot allmählich in das Alter kam, in dem die Auferstehung des Fleisches nicht mehr so einfach und pünktlich ablief. Sie hatte es sich verkniffen ihn zu trösten, aber Gernot hatte von sich aus das Thema angeschnitten: »Seit Sandra eine Geliebte vermutet hat, bin ich bei dir irgendwie blockiert.« Dabei hatte er sie so vorwurfsvoll angesehen, als wäre das ihre Schuld. »Ich kann einfach nicht mehr auf Befehl. Ich kann nicht, wenn ich weiß, dass Sandra uns noch einmal erwischen könnte. Und dann, meine liebe Eva, kommen wir nicht noch einmal so glimpflich davon.«

»Was heißt hier ›wir‹?«, wollte Eva wissen. Sie lag entspannt auf dem Laken, den Ellbogen aufgestützt, und betrachtete Gernot. Sie sah, dass sein Haar an den Schläfen in den letzten Wochen stärker ergraut war und sie erblickte auch die Falten an seinem Hals, die knitterige Haut. »Habe ich etwas damit zu tun, dass du fremd gehst? Zwinge ich dich, zu mir zu kommen?«

»Natürlich. Du bist schließlich der Grund des Ehebruchs.«

Eva hatte die Augen aufgerissen. »Das meinst du nicht ernst?«

Gernot hatte mit den Achseln gezuckt. »Ehebruch ist nun einmal unmoralisch. Und es gehören immer Zwei dazu. Das weiß ich, und das weißt du genauso gut.«

»Moral? Hast du gerade Moral gesagt? Ich wusste gar nicht, dass du dieses Wort überhaupt kennst.«

Gernot war aufgestanden und in seine Boxershorts gestiegen. Er wandte sich zur ihr um, und Eva sah in seinen Augen, dass er wirklich glaubte, sie wäre Schuld daran, dass er seine außerehelichen Pflichten nicht mehr ad hoc erfüllen konnte. Er war beleidigt, verärgert, sogar wütend. »Ja, ich weiß. Du mit deiner halbesoterischen Bioladen-Moral denkst in anderen Kategorien. Aber ich bin nun mal sensibel.«

»Und bei Sandra geht es noch, oder wie? Nur bei mir nicht, weil ich eine verdorbene Ehebrecherin bin, die dich in ihr Bett zwingt, oder was?«

Gernot blitzte sie wütend an. »Bei Sandra geht es auch nicht mehr. Du hast mich entmannt. Du und Sandra. Ihr beide habt dafür gesorgt, dass ich jetzt nicht mehr kann.«

Da war Eva aus dem Bett gesprungen, hatte seine Socken, Jeans und Schuhe gepackt und sie ins Treppenhaus geworfen. Wortlos. Und Gernot hatte mit großen Augen zugesehen, hatte ihr ein »Dachte ich es mir doch, dass du sofort beleidigt bist, wenn mal ein Mann nicht auf dein Kommando hin funktioniert.« an den Kopf geworfen, und dann hatte Eva die Tür zugeknallt. Jetzt saß sie auf der Couch, schaute sich eine Sendung im Fernsehen an und trank ein Glas Wein dazu. Sie überlegte, ob sie Gernot vermissen würde, wenn er nicht mehr käme. Sie überlegte hin und her, dann aber beschloss sie, dass ein impotenter Liebhaber eben kein Liebhaber mehr war. Es war kurz vor 10 Uhr abends, als das Telefon klingelte.

»Frau Neumann, Sie? Was kann ich für Sie tun?«

Eva zuckte unbehaglich mit den Schultern. Sie hatte gehört, dass der Notarzt einen Herzinfarkt diagnostiziert, den Totenschein ausgestellt und den Bestatter angerufen hatte. Und Frau Neumann hatte die ganze Zeit dabei gestanden, als wäre sie erstarrt. Kein Wort, keine Regung, keine Träne, nichts. Und als der Leichnam weggebracht worden war, hatte sie ihre Einkaufstasche genommen, sie sich über den Arm gehängt, ein wenig geseufzt, und war in den Ostpark gegangen, um die Enten zu füttern. So jedenfalls hatten es die anderen Kunden am Nachmittag erzählt. Und jetzt hatte sie die Witwe am Telefon. »Kann ich Ihnen irgendwie helfen, Frau Neumann?«

»Ja, des könne Se werklisch. Sie sind doch noch Privatdetektivin, oder? Sie habbe doch den Ring mit dene Kinnerpornos hochgenomme? Des hat doch im Blättsche gestanne? Des sind doch Sie?«

»Ja, Frau Neumann, das bin ich. Ich habe eine Zulassung als Privatdetektivin.«

Ich glaab nämlich net, dass mein Günther einfach so geschtorbe is. Des war Mord, des sach ich Ihne.«

»Wie kommen Sie denn darauf?«

»Ei, der war so fit wie en Turnschuh', mein Günther. Jede zwoote Tach is er ins Sportstudio gerannt. Der is nich einfach so gestorbe.«

»Und was kann ich da jetzt machen?«

»Ei, Sie müsse rauskrieche, was mit dem Günther passiert is. Am besten komme Sie morgen gleich nach ihrem Dienst zu mir und ich gebe Ihne än' schriftliche Ufftrach und Geld.«

Eva seufzte. »Frau Neumann, überstürzen Sie jetzt bloß nichts. Sie sind noch ganz aufgewühlt. Das kann ich gut verstehen. Wollen Sie nicht noch eine Nacht darüber schlafen?«

»Davon wird mein Günther auch nicht mehr lebendig. Sie solle rausfinde, was passiert ist. Und wenn Se nich wolle, dann suche ich mir jemand anderster.«

Wieder seufzte Eva. »Hat er denn in der letzten Zeit über Schmerzen geklagt, Frau Neummann?«

»Ne, der war gesund.«

»Hatte er Feinde?«

»Mein Günther? Was denke Sie sich denn da? Natürlisch net. Immer anständisch, immer nett und freundlich. So war der Günther. Er war Vorsitzender im Karnevalsverein Rot-Pink, Ehrenmitglied im Vereinsring Bornheim und im Ortsbeirat is er auch gewese. Als Parteiloser.«

»Hat ihn in der letzten Zeit etwas bedrückt? Hatte er Stress?«

Frau Neumann schwieg einen Augenblick. »Ä bissi komisch war er schon in dene letzte Taach. Aber isch waaß nett, warum.«

»Gut, Frau Neumann, schlafen Sie noch einmal drüber. Ich komme dann am Nachmittag zu Ihnen, dann können wir reden.«

Vierzehntes Kapitel

Am nächsten Morgen wunderte sich Eva über Konrad Auers Aussehen. Das sonst so gut frisierte Haar war zerstrubbelt, unter den Augen lagen dichte Ringe.

»Ist etwas, Herr Auer?«, wollte Eva wissen.

»Was soll schon sein?«

»Sie sehen müde aus.«

»Ist das ein Wunder, bei dem Stress hier mit dem Laden?«

Eigentlich ja, dachte Eva, denn in den letzten Tagen war Auer immer mal wieder weg gewesen. Und auch, wenn er da war, erweckte er nicht den Anschein, sich tot zu rackern. Als zuckte sie mit den Schultern und ging. Frau Neumann war heute Morgen noch nicht einkaufen gewesen. Sie wolle sich nicht mit ihrer Trauer in der Öffentlichkeit zeigen, hatte sie am Telefon noch gesagt, und Eva gebeten, nach Dienstschluss bei ihr vorbeizukommen. Dafür stand Gernot plötzlich vor ihrer Kasse, grinste verlegen und legte vier Liebesriegel auf das Band.

»Und du meinst, das hilft?«, fragte Eva und ließ offen, was genau sie damit meinte.

»Ich hoffe es.« Gernot lächelte, doch Eva fand sein Lächeln plötzlich gar nicht mehr so unwiderstehlich. »Grüße an die Frau Gemahlin«, wünschte sie maliziös und wandte sich dem nächsten Kunden zu.

»Hör mal, Eva, wir müssen reden.« Gernot blieb stehen.

»Ich weiß nicht, worüber. Und außerdem habe ich keine Zeit.« Eva zog energisch die Waren des nächsten Kunden über den Scanner.

Am Nachmittag ging sie zu Frau Neumann, die nur knappe zweihundert Meter entfernt wohnte, direkt neben dem Café Wiesehöfer. Vor dem Café standen ein brennendes Grablicht und eine Vase mit ein paar Blumen. Daneben klebte ein Zettel, auf dem stand: »Zum Andenken an unseren lieben Günther Neumann.«

Eva betrat das Café und fragte: »Ist das hier eine Gedenkstätte für Herrn Neumann?« Erika, die Bäckerin nickte. »Was soll ich denn machen? Frau Neumann hat den Zettel angebracht, die Kerze und die Blumen abgestellt. Soll ich mich etwa mit einer frischen Witwe streiten?« Die beiden Frauen blickten nach draußen und erlebten, wie Frau Löffler einen Blumenstrauß niederlegte und sich dabei die Augen wischte. »Er war wohl sehr bekannt, der Herr Neumann?«

»Oh ja.« Erika nickte. »Jeden Tag saß er hier bei mir und hat sich unterhalten. Und jeden Tag kamen seine Freunde und haben mir einen schönen Umsatz beschert. Ich hoffe nur, sie kommen jetzt trotzdem noch.« Sie blickte auf ihre Kuchen. »Die Käse-Sahne-Torte hat er besonders gern gegessen. Ich überlege, ob ich sie ihm zu Ehren in »Neumann-Torte« umbenennen sollte.«

»Ja«, erwiderte Eva, »darüber kann man ruhig einmal nachdenken.

Das Haus, das den Neumanns gehörte, sah von außen freundlich und bieder aus. Es hatte sechs Wohnparteien und im Erdgeschoss befand sich Aldos Buchhandlung. Die Fassade war sauber in einem Terrakottaton gestrichen, die Fensterrahmen braun abgesetzt. Das Klingelbrett war neu und mit einer Gegensprechanlage versehen, links und rechts neben dem Eingang standen Blumenkübel. Eva winkte Aldo in der Buchhandlung zu und klingelte bei Frau Neumann. Kurz darauf war ihre Stimme zu hören.

»Ja, bitte?«

»Eva Sandmann.«

»Erster Stock.«

Auch das Treppenhaus wirkte hell und freundlich, wenn auch die Blümchengardinen in den Treppenfenstern sicher nicht jedermanns Geschmack waren. Die Wände waren sauber und ordentlich gestrichen, die Briefkästen nicht aufgebrochen. Nur das halbe Dutzend Zettel gleich neben der Haustür irritierte Eva ein wenig. »Bitte keine Kinderwagen und Fahrräder im Haus abstellen«, »Müllbeutel gehören in die Tonne und nicht in den Flur«, »Nach 20 Uhr bitte die Haustür abschließen«, und – Eva konnte ein Kichern nicht unterdrücken: »Ruhestörungen sind anzumelden«.

Frau Neumann wartete schon in der Wohnungstür.

»Da sind Sie ja endlich«, begrüßte sie Eva im Quengelton. Sie trug ein schwarzes Kleid, eine schwarze Sonnenbrille und auf dem Kopf eine Art schwarzen Turban, der ihr Haar vollkommen bedeckte. Sie sah aus wie eine trauernde Hollywooddiva. »Kommen Sie rein, aber ziehen Sie die Schuhe aus.«

Eva tat, was sie sollte und folgte Frau Neumann ins Wohnzimmer. Die Wände des Raumes waren mit einer zart gestreiften Tapete bedeckt. Gleich neben der Tür, über einer Sitzgarnitur, hingen mehrere Scherenschnitte. Der Fernseher war klein und unauffällig, die moderne Couch mit geschmackvollen Kissen bedeckt.

»Gucken Se nur«, forderte Frau Neumann sie auf. »Als wir zur Kreuzfahrt wesche unserm verzischste Hochzeitstach warn, da hat unser Tochter die Stubb renovieren lassen. Als Geschenk.« Sie setzte sich auf die Couch, nahm eine silberne Kanne von einem ebenfalls silbernen Tablett und fragte: »Kaffee?« Eva nickte, setzte sich neben Frau Neumann. Sie tranken schweigend die ersten Schlucke, bis Eva schließlich fragte:

»Glauben Sie noch immer, dass Ihr Mann nicht an einem Infarkt gestorben ist, wie der Notarzt gesagt hat?«

Frau Neumann wiegte den Kopf. »Gestorbe is er wahrscheinlich schon an diesem Infarkt. Aber so'n Infarkt, der wird doch durch was ausgelöst. Jemand hat da nachgeholfe, da bin isch sischer. Des sieht mer ja immer wieder beim Tatort. Da mische die unglicklische Ehefraun Eisenhut unnern den Kartoffelbrei oder tausche die Tablett um. Vielleicht hat ihn auch jemand erschreckt. Oder gar gedroht«, beharrte sie. »Aber ich habe noch einmal nachgedacht. Er war anderster in der letzten Zeit.« Ein Lächeln huschte über ihr Gesicht. Sie wandte sich Eva zu und pickte mit ihrem Finger in die Luft. »Des war der Riggl.« Jetzt presste sie eine Hand auf ihren Busen. »Ei, wir waren so verliebt wie zu unserer Verlobungszeit.« Dann schielte sie zu Eva, und Eva nickte beeindruckt. »Das ist schön. War sonst noch etwas auffällig?«

Frau Neumann hob die Schultern. »Naja, manchmal war mein Günther ä bissi still. Und dann war er plötzlich wieder fröhlich und hat was Seltsames gesagt.«

»Was denn?«

»Gudrun«, hat Günther gesagt, »Gudrun, bald könne mir zwo beide noch ämal jung sein. Wir könne auf Weltreise gehen, wenn du des willst. Wir könne uns uff unsre aale Tache so rischtisch verwöhne lasse. Und wenn mer dazu kei' Lust mehr habbe, dann geh'n wir einfach ä bissi früher in den Himmel.«

Eva zog die Augenbrauen hoch. »Selbstmord?«

»Ach was. Des war nur so än Schbruch. Umgebracht hat ihn höchstens die Erika vom Café Wiesehöfer. Die, die hinner der Thek' steht, wissen Se? Die hat ihm doch immer die ungesunde Cremetorte uffgeschwätzt.«

»Das glauben Sie wirklich?«

»Ach, was. Aber ich will werklisch wissen, wie mein Günther zu Tode gekommen ist.« Frau Neumann stand auf, ging zu einem zierlichen Kirschbaumsekretär und nahm ein Blatt Papier auf. »Da, des is unser Vertrach. Sie müssen nur noch unnerschreiben.«

Eva las, dass sie unbedingtes Stillschweigen über alle ihre Erkenntnisse zu waren hatte, dass sie täglich Bericht erstatten und ihre Kosten in ein kleines Heft eintragen sollte.

Sie verhandelte ein wenig mit Frau Neumann, bis sie schließlich den täglichen Rapport auf einen wöchentlichen und das Heft gegen Vorlage von Quittungen verhandelt hatte. Dann fragte sie noch einmal nachdrücklich: »Wenn ich für Sie ermitteln soll, dann brauche ich jeden Hinweis, der mit Ihrem Günther in Zusammenhang steht.«

Frau Neumann verzichtete auf die Beteuerungen, dass sie anständige Leute waren und überlegte. Dann schüttelte sie energisch den Kopf. »Nur des mit der Weltreis', des war schon komisch. Wissen Se, mer wollte immer uff Weltreis' gehe. Aber erst hatte mer kaa Geld, dann hatte mer e klaa Kindsche, und später dann hatte mer die Weltreise einfach vergesse. Traurig, so was.« Sie trocknete sich die Tränen, seufzte und trank den letzten Schluck Kaffee.

»Ja, das ist wohl so«, erwiderte Eva, die nach diesem Neumannschen Geständnis ebenfalls traurig geworden war. »Wir alle habe wohl Träume, die sich nicht erfüllt haben. Und irgendwann ist es zu spät.«

Frau Neumann tätschelte Evas Hand. »Ei, Sie san doch noch jung. Sie könne noch träume.« Und Eva lächelte und nickte, und wusste doch, dass die Zeit der Träume auch für sie schon vorbei war.

Sie erhob sich: »Wir haben jetzt alles besprochen, nicht wahr? Dann werde ich gehen.« Als sie im Flur ihre Schuhe anzog, fiel ihr Blick in die Küche. Auf dem Tisch stand ein Korb, der mit Liebesriegeln gefüllt war. »Die haben Ihrem Günther wohl besonders gut geschmeckt, was?«

»Oh ja, das haben sie. Und gewirkt haben sie auch. Er hat sie sich sogar selbst gekauft, so gut fand er die. Und das, obwohl er das Einkaufen gehasst hat.«

Als Eva wieder auf der Berger Straße stand, war sie noch immer traurig. Und wenn sie traurig war, hatte sie das übergroße Bedürfnis nach Trost. Sie hätte Gabriel anrufen können, aber sie befürchtete, dass sein Trost sehr lange dauern würde, und sie wollte heute Abend noch nachdenken. Allein. Also blieb die Bäckerei und Café Wiesehöfer mit den weniger tröstlichen Kuchen und Torten.

»Na, da sind Sie ja wieder.« Erika lächelte ihr über die Theke zu. Um diese Tageszeit, kurz vor Ladenschluss, war das Café wie leergefegt, und auch die Brotregale waren leer. »Kein Kuchen mehr da?«

»Nichts. Alles aus. Da können Sie mal sehen, wie gut unsere Bestellpolitik ist. Und wie lecker unsere Kuchen sind. Alles noch mit der Hand gebacken.«

»Tja, dann trinke ich eben einen Kakao.«

Erika hantierte an der Maschine und brachte Eva ihr Getränk.

»Sagen Sie, den Günther Neumann, den kannten Sie ja ziemlich gut, oder?«

»Das kann man sagen. Der saß ja jeden Tag hier.«

»Ist Ihnen in letzter Zeit etwas an ihm aufgefallen? War er fröhlicher oder trauriger als gewöhnlich?«

Erika schürzte die Lippen. »Jetzt, wo Sie das sagen. Ja, er war verändert.« Sie kicherte. »Der hat geflirtet wie ein junger Mann. Hat mir sogar mal ein Kompliment gemacht.«

»Aber Sie wissen nicht, was genau ihn so verändert hat?«

»Nein, der Günther, der redete zwar viel, aber nie über sich.«

Erika sah sich in ihrem leeren Café um, dann beugte sie sich zu Eva vor: »Ich will ja nichts sagen. Und schon gar nichts Schlechtes über die Toten, aber manchmal, da habe ich schon gedacht, dass der Günther vielleicht eine Geliebte hatte. Das Johannisfeuer, wissen Sie?«

Eva nickte. Das Johannisfeuer, der zweite Frühling, oder der dritte. »Hat er mal was darüber gesagt?«

Wieder schüttelte Erika den Kopf. »Gesagt hat er nichts, aber eine Frau spürt so was. Und ich bin sicher, dass das mit den Umschlägen zu tun hat.«

»Was für Umschläge?«

»Ei, da kam so ein junger Mann. Keiner von hier. Der kam immer mittwochs, wenn die Frau Neumann bei der Herzgymnastik war. Und immer hatte der einen Umschlag dabei. Ziemlich dick. Hat ihn hingelegt, und der Herr Neumann, der hat genickt und den Umschlag eingesteckt, ohne hinein zu schauen. Seine Freunde sind dann immer alle ganz still geworden und haben geguckt, ob jemand guckt. Und der Fremde hat nicht mal einen Kaffee bei mir getrunken. Und gekauft hat er auch nichts.«

»Und was hat ihm Herr Neumann gegeben?«

Erika zuckte mit den Schultern. »Ich wollte nicht neugierig sein, aber der hat bestimmt was gekriegt. Denn kaum war der weg, da haben die anderen ihre Geldbörsen gezuckt. Waren immer Braune.«

»Braune?«

»50-Euro-Scheine.«

»Moment. Günther bekam einen dicken Umschlag, und danach haben ihm die anderen Herren 50-Euro-Scheine gegeben?«

»Ja. Wahrscheinlich. Wissen Sie, ich bin ja nicht neugierig. Die Leute sollen sich hier wohlfühlen. Geht mich ja nichts an, was die hier machen.«

»Günther bekam eine Ware, die er weiterverkauft hat?« Eva blickte Erika fragend an, aber die zuckte nur mit den Schultern und räumte Evas leere Kakaotasse weg. »Wir schließen jetzt.«

Als Eva wenig später den Platz am Uhrtürmchen überquerte, versammelte sich dort gerade eine mittlere Menschenmenge. Plakate wurden in die Luft gereckt, jemand rief durch eine Flüstertüte, dass man sich nun aufstellen sollte. Eva sprach eine junge Frau an. »Was für eine Demo ist das hier?«

»Gegen Ausmietung und Mietwucher«, erklärte das Mädchen und hielt Eva eine Liste hin. »Wir sammeln auch Unterschriften gegen die Gentrifizierung Bornheims.«

»Da habe ich schon unterschrieben«, erklärte Eva. »Ein junger Mann war im Supermarkt *Vollkorn*.«

»Dann schließen Sie sich uns doch an. Wir wollen nicht, dass dort, wo das Kaufhaus war, Luxuseigentumswohnungen entstehen. Wir wollen verhindern, dass Bornheim allmählich zu einem Yuppi-Viertel verkommt.«

»Ist das denn wirklich so schlimm?«

»Noch schlimmer. Haben Sie nicht bemerkt, dass die alteingesessenen Läden und Kneipen fast völlig verschwunden sind? Dafür gibt es jetzt Edelrestaurants, Telefonshops an jeder Ecke und dazwischen die Backketten. Erinnern Sie sich noch an das Dessousgeschäft? Da ist jetzt das vegane *tierlieb* drin. Und daneben war mal eine Parfümerie. Alles weg. Auch die Tierfutterhandlung, die beiden Metzger und den alte Fotoladen gibt es nicht mehr. Dafür ist geplant, ein Starbucks auf die Berger Straße zu holen. Wenn das soweit kommt, macht auch noch das letzte Café zu, dass zu keiner Kette gehört.«

»Sie haben recht«, stellte Eva fest und sah sich verblüfft um. Dort, wo vor ein paar Jahren noch ein Blumenladen war, prangte jetzt das Logo einer Telefongesellschaft. Sie hatte die Veränderungen gar nicht richtig wahrgenommen. Auch der Supermarkt *Vollkorn* war früher ein Discounter gewesen, in dem es alles, aber ganz sicher keine vegane Tiernahrung gegeben hatte.

Fünfzehntes Kapitel

»Wieso kochst du schon?«, wollte Konrad Auer wissen und wuchtete einen Wasserkasten auf den Balkon. »Ich denke, wir wollten mit Julia und Fabian zusammen kochen.«

Lena leckte den Löffel ab, mit dem sie gerade in einem Topf gerührt hatte. »Ach, das ist viel zu umständlich. Fabian checkt jede einzelne Zutat ab, weil er doch kein Gluten mehr essen will.«

»Ist doch zu verstehen, wenn er es nicht verträgt.«

»Naja, er verträgt es, aber will es nicht mehr essen, weil seiner Meinung nach Gluten vor allem in Massenprodukten vorkommt. Und für Massenprodukte ist er sich zu fein. Und Julia fängt jetzt damit an, dass ihr allein vom Fleischgeruch schon schlecht wird. Sahne ist auch tabu. Und alles muss Bio sein. Ich wette, die benutzen zu Hause sogar Bio-Toilettenpapier und schlafen auf Hanfmatten.« Lena verzog das Gesicht.

»Und was kochst du da?«

»Ich mache eine Waldpilzpastete mit schwarzen Trüffeln. Du weißt schon, die Pilze, die du als abgelaufene Ware mit aus dem Supermarkt gebracht hast, und als Vorspeise gebratenen Radicchio mit Walnüssen. Zum Nachtisch gibt es ein Erdbeersorbet mit Minzsoße aus Sojamilch.«

»Echt? Das kannst du alles?« Konrad Auer war beeindruckt.

»Natürlich nicht. Und ich habe auch keinerlei Ehrgeiz in dieser Richtung. Das Erdbeersorbet habe ich bei Aldi fertig gekauft. Aber das dürfen Julia und Fabian nicht mitkriegen. Deshalb koche ich schon vor. Ach, und die Trüffel gibt es jetzt auch schon bei Aldi.« Lena drehte sich um und zeigte auf den Mülleimer. »Bring den mal schnell weg, sonst sehen die noch die Verpackungen und dann füll mal den Discounterkaffee in die Dose vom Café Wacker. Ich wette, die schmecken keinen Unterschied.«

Zwei Stunden später saßen die Erwachsenen um den Esstisch herum, während die Kinder in einem anderen Zimmer ein Video ansahen. »Also, ich muss schon sagen, deine Pilzpastete schmeckt wirklich köstlich«, erklärte Julia und schob ihren Teller, der noch halbvoll war, zur Seite. Fabian tätschelte seinen Bauch und erklärte: »Seit ich kein Gluten mehr esse, habe ich viel mehr Energie und Tatkraft.« Er zeigte mit dem Finger auf Konrad. »Solltest du auch mal probieren. Du siehst nämlich ein bisschen abgespannt aus.«

»Naja, im Laden gibt es halt viel zu tun. Und wenn Marie-Therese im September auf das Schweizer Internat geht, haben wir noch mehr Kosten am Bein.

Fabian lachte, lehnte sich zurück und verschmierte die gute, gestärkte Damastserviette mit den Resten der Pilzpastete. »Unsere beiden sind in der Kronberger Privatschule. Maximilian war ja erst in der Waldorf-Schule, und das hat ihm auch recht gut getan, aber irgendwann muss er ja lernen, das man mit Namen in den Tau tanzen keine Karriere machen kann.«

Julia nickte. »Und überhaupt wollen wir nicht zurück nach Frankfurt. Die Stadt verkommt allmählich zum Slum. All der Schmutz auf der Straße. Und dann die Leute! Schrecklich.«

Lena senkte auf der Stelle schuldbewusst den Kopf. »Wir werden auch nicht mehr lange hierbleiben. Konrad hat da zwei gute Geschäfte am Start. Und wenn alles so klappt, wie wir uns das vorstellen, dann sind wir spätestens in einem Jahr bei euch in Kronberg.«

»Na, hoffentlich. Dann wachsen eure Kinder endlich auch im Grünen auf. Unsere Sidonia nimmt jetzt Reitunterricht. Wir überlegen, ob wir ihr zum Geburtstag ein Pferd schenken sollen. Oh, nur ein Kleines, nichts Besonderes. Eigentlich geht es nur darum, dass sie beizeiten lernt, Verantwortung zu tragen.«

Julia sprach den Satz eher beiläufig aus, aber der Stolz in ihrer Stimme war nicht zu überhören. Niemand hatte bemerkt, dass die Kinder im Türrahmen standen. Sofort heulte Marie-Therese los: »Ich will auch reiten. Ich will auch ein eigenes Pferd. Ein weißes Pony.«

Lena erhob sich und rief nach Mareike, der Babysitterin. Sie kam, trug dabei Anna-Amalia auf dem Rücken, die plötzlich Pferd spielen wollte. »Mareike, wir haben dich bestellt, damit du uns die Kinder vom Hals hältst. Wenigstens für ein paar Stunden. Ist das zu viel verlangt?«

Mareike ließ Anna-Amalia von ihrem Rücken rutschen, die daraufhin sofort zu kreischen begann, und trieb die Mädchen zurück in ihre Kinderzimmer.

Lena setzte sich, lächelte ein bisschen verspannt und fragte: »Wo waren wir stehen geblieben?«

»Du sagtest gerade, Konrad hätte zwei gute Geschäfte in Aussicht. Lass mal hören, mein Freund.«

Konrad lächelte und stützte die Ellbogen auf den Tisch. »Häuser«, raunte er verschwörerisch. »Ich kaufe Häuser, lasse sie sanieren und mache Luxuseigentumswohnungen daraus.«

»Nicht schlecht. Wie finanzierst du das?«

Hier lachte Lena ein komisches, kleines Lachen. »Naja, von Häusern ist erst einmal nicht die Rede. Bisher haben wir nur ein Haus gekauft. Konrad hat zwar wieder was an der Angel, aber um die Finanzierung muss er sich noch kümmern.«

»Ich habe Kredite aufgenommen. Einen für den Laden und einen für das Haus. Ich fürchte aber, mit einem dritten Kredit könnte es Probleme geben.«

»Was? Davon hast du mir ja noch gar nichts erzählt!«, empörte sich Lena.

»Du fragst ja auch nie. Du willst immer nur hören, dass alles gut läuft. Aber wie ich es zum Laufen bringe, das ist dir egal.«

Für einen Augenblick herrschte Schweigen am Tisch. Dann stand Lena auf. »Ich werde mal abräumen.« Sie stellte die Teller zusammen und brachte sie in die Küche. Julia half ihr. Als Lena die Teller in die Spülmaschine räumte, lehnte sie im Türrahmen. »Mach dir nichts draus«, sagte sie. »Ich habe auch keine Ahnung von Fabians Geschäften. Das ist seine Sache. Ich habe schließlich die Kinder und den Haushalt. Da fragt er ja auch nie, wie ich das hinkriege.«

Lena richtete sich auf. »Fabian ist nicht Konrad«, erklärte Lena.

»Wie meinst du das?«

»Naja. Fabian hat ein Händchen für Geschäfte. Er weiß, was er will. Konrad dagegen ist zu weich. Er hat Mitleid mit den Mietern, auch, wenn er es nicht zugibt. Das mit dem zweiten Haus dauert jetzt schon Wochen, ohne, dass sich etwas bewegt. Ihm fehlt einfach der Biss, verstehst du? Der Killerinstinkt.«

Julia nickte stolz, denn das Fabian den Killerinstinkt besaß, das wussten alle. »Mal was anderes«, sagte sie. »Ich bin nächste Woche zu einer Botoxparty eingeladen. Kommst du mit?«

»Botoxparty?«

»Ach, nix Großes. Da treffen sich ein paar Frauen bei uns in Kronberg. Später kommt dann ein Schönheitschirurg dazu, und wenn du willst, spitzt er dir gleich ein paar Falten weg. Ist billiger als in der Praxis. Und gemütlicher. Es gibt Sekt und ein paar Kleinigkeiten zum Essen. Wir sind sozusagen *entre nous*.

»Und du hast so etwas schon mal gemacht?« Lena betrachtete Julias Gesicht mit ganz neuen Augen.

»Du etwa nicht?«

Lena schüttelte den Kopf.

»Dann wird es aber Zeit, meine Liebe. Deine Nasolabialfalte wird immer tiefer. Wir in Kronberg machen das alle.«

»Kredite, ja? Und? Zu welchen Konditionen?« Fabian hatte sich in seinem Stuhl zurückgelehnt und die Beine übereinander geschlagen. Vor ihm funkelte Whiskey in einem Glas.

»Die Konditionen sind nicht schlecht. Der neue Riegel rechnet sich, und mit den Einnahmen kann ich einen Teil der laufenden Kredite bedienen.«

»Und wo liegt das Problem?«

»Naja. Ich glaube, einen dritten Kredit wird mir meine Sparkasse nicht einräumen. Jedenfalls nicht so ohne weiteres.«

Da begann Fabian zu lachen.

»Was ist denn?« Konrad runzelte die Stirn.

»Du bist echt noch bei der Sparkasse? Bei den kleinen Sparschweinchen? Das weiß doch jeder, dass die mit Krediten sind, wie meine Mutter früher mit ihrem Haushaltsgeld. Nur keinen Pfennig zuviel. Von Start-ups und Investitionen haben die noch nie gehört. Du musst da weg, Konrad. Jemand, der Großes vorhat, ist bei einer kleinen Bank völlig falsch.«

»Wo bist du denn?«

Fabian betrachtete seine gepflegten Fingernägel.

»Bei der Rütli Immobilienbank. Gehört einem Schweizer Konsortium. Deshalb arbeiten sie auch eng mit der Schweiz zusammen, haben aber ihre Filialen in ganz Europa.« Er beugte sich über den Tisch. »Du, hör mal, die beraten dich auch.

Und zwar vom Feinsten. Ich habe mein Geld jetzt in Liechtenstein angelegt. Die haben da natürlich eine Zweigstelle. Und auf den Caymans auch. Allerdings legen einige jetzt auch schon ihr Geld in Delaware an. Die Steuerparadiese wechseln gerade. Irland ist im Kommen.«

»Und bei denen hast du einen Kredit laufen?«

»Klar. Ist natürlich nicht ganz billig, aber dafür ohne Schufa und Sicherheiten. Außerdem geht es rasend schnell. Wenn ich dir für nächste Woche einen Termin machen soll, dann hättest du Anfang des nächsten Monats deinen Kredit.«

»Hmmm«, machte Konrad und trank einen Schluck von seinem Whiskey. »Ich weiß nicht. Eigentlich war ich mit der Sparkasse ganz zufrieden.«

»Na klar. Du hast recht. Für ›klein in klein‹ sind die gut. Aber nicht, wenn du Großes erreichen willst. Da musst du schon ein bisschen was riskieren.« Er lachte meckernd. »Sonst wäre ja jeder reich.«

Konrad überlegte. »Ganz ohne Sicherheiten?«, fragte er nach.

»Vollkommen ohne. Du musst nur unterschreiben, dass dieser Kredit in keiner Insolvenzmasse auftaucht.«

»Das heißt?«

»Dass du ihn abbezahlen musst, ganz gleich, was kommt.«

»Also auch, wenn ich einen Offenbarungseid geleistet habe.«

»Genau.«

»Und wovon soll ich dann den Kredit bezahlen?«

»Ach, komm schon. Irgendwas hat doch jeder unter seiner Matratze liegen. Außerdem leben deine Eltern ja noch. Die werden dich schon nicht hängen lassen, wenn es ganz schlimm kommt. Hast du nicht mal erzählt, deine Eltern hätten ein Haus?«

»Ja. Haben sie. Aber auf dem Dorf. In Nordhessen. Dort kriegst du Immobilien im Supermarkt.«

»Na, immerhin. Ein Haus ist ein Haus. Betongold. Aber das weißt du ja selbst.«

Wieder überlegte Konrad. »Mir ist nicht ganz wohl dabei.«

»Warum denn nicht? Das Prinzip ist ganz einfach. Du nimmst den Kredit auf und sorgst dafür, dass er bedient wird. Wenn es mal eng wird, lässt du dir einfach die Raten für die beiden Sparkassenkredite stunden. Das wird ja wohl nicht so schwer sein. Hast du nicht mal erzählt, du kennst den Filialleiter? Also. Du sorgst dafür, dass die Raten des teuren Kredites zuerst getilgt werden. Da wird's vielleicht am Monatsende auch mal ein bisschen knapp, aber du hast ja einen Supermarkt und wirst nicht verhungern. Nach einem Jahr ungefähr werden die Raten kleiner. Und dann kannst du wieder an deine anderen Kredite denken. Das ist in jedem Geschäft so. Am Anfang ist es bitter.«

»Hast du das auch so gemacht?«

»Was glaubst du denn?«

Konrad überlegte. Dann hob er sein Glas, stieß mit Fabian an und sagte: »Anhören kann ich mir die Sache ja mal ganz unverbindlich.«

Sechzehntes Kapitel

Zwei Tote. Zwei, die eigentlich gesund waren und zu jung zum Sterben. Eva Sandmann saß an ihrem Schreibtisch und notierte sich auf Zetteln, was sie über die Todesfälle wusste. Sophie hatte ein Aneurysma gehabt. Außerdem war voller Atropin gewesen. Gegen ein Aneurysma hatte man keine Chance, aber hatte sie wirklich so früh sterben müssen? Was war mit ihr losgewesen? Hatte sie unter Druck gestanden? Oder war sie eine von den Mädchen gewesen, für die das Leben einfach zu schwer war? Eva hatte schon einige Menschen dieser Art getroffen. Die meisten waren hochgradig sensibel gewesen. Und nicht so wie die anderen. Sie hatten nicht so recht gewusst, wie man ein Leben gestaltet, was verlangt wurde. Anstehende Entscheidungen hatten sie schier in den Wahnsinn getrieben. Und mit Zurückweisungen hatten sie schon mal gar nicht umgehen können. Sophie mit ihren Liebesriegeln, mit Auers Visitenkarte auf dem Schreibtisch. Seine Romanze mit Sophie hatte er ja praktisch zugegeben, aber mehr auch nicht. Sie nahm sich vor, ihn noch einmal nach ihr zu fragen. Hatte er ihr Hoffnungen gemacht, ohne diese einzulösen zu wollen? Eva hatte nicht den Eindruck, als fühle sich Auer in seiner Ehe pudelwohl, aber sie kannte ihn gut genug, um zu wissen, dass er Lena und die Mädchen niemals gegen eine magersüchtige Bachelorkandidatin eingetauscht hätte.

Und nun noch der Herr Neumann. Gestorben mit 71 Jahren an einem Herzinfarkt. »Ich bin ein Best-Ager«, hatte er immer behauptet und stolz erzählt, wie viele Klimmzüge er noch immer schaffte. Ein Mann, der voller Saft und Kraft mitten im Leben stand. Sie musste mehr über ihn in Erfahrung bringen. Über sein Leben, seine Geheimnisse. Genau wie über Sophie. Plötzlich legte sie den Stift zur Seite. Sophie und Günther Neumann waren beide Mitglieder in der Sportgemeinde Bornheim gewesen. Eva griff zum Telefon und vereinbarte einen Termin für ein Probetraining noch am selben Nachmittag. Dann wühlte sie in ihren Schränken nach einem T-Shirt und einer Jogginghose, fand eine, die sie zum Joggen angeschafft, aber nie getragen hatte, suchte die ganze Wohnung nach Turnschuhen ab und packte schließlich stattdessen ihre Chucks in eine Trainingstasche.

»Ich bin der Pascal«, stellte sich ihr Probetrainer vor. Er war noch keine dreißig Jahre alt, hatte Schultern wie ein Möbelpacker und strich sich selbstgefällig über sein, von einem hauchdünnen Sportshirt bedecktes Sixpack. Dabei betrachtete er Eva von oben bis unten, und Eva hätte sich am liebsten aufgelöst. Der Mann vor ihr war so unverschämt jung, hatte noch nicht die geringste Ahnung vom Verfall menschlicher Körper und taxierte sie jetzt, als müsste er sie verkaufen.

»Deine Problemzonen sind ja recht auffällig«, fasste er das Ergebnis seiner Betrachtung uncharmant zusammen.

»Wie bitte, Herr …?« Wenn sie hier schon einer zur Sau machen wollte, dann sollte er sie wenigstens mit Sie ansprechen. Pascal aber verzog keine Miene. »Wir duzen uns hier alle. Das ist unter Sportlern so üblich.«

Also gut. Wenigstens hatte er sie eine Sportlerin genannt.

»Ich glaube, wir müssen an deinen Bauch- und Rückenmuskeln arbeiten, dann noch ein paar Heber für die Oberschenkel und für einen strammen Hintern.«

Eva schnappte nach Luft. Musste sie wirklich mit einem halb so alten Adonis über ihren Hintern sprechen?

»Naja«, warf sie ein, »ich sehe an mir jetzt eigentlich nicht so viele Problemzonen. Mir ging es eher um die allgemeine Fitness.«

»Wieso? Bist du herzkrank?« Pascal schien nicht zu verstehen, dass eine Frau mit einer solchen Baustelle von Körper nichts für Bauch, Beine und Po tun wollte.

»Nein«, fauchte Eva, »ich bin nicht herzkrank.«

Jetzt war Pascal verwirrt. »Also nur Kondition und Ausdauer?«

»Ja. Aber bevor ich auf einem dieser Stepper rumhampele, möchte ich gern wissen, wie es dann mit einem Abo weitergeht.«

»Ich unterziehe dich einem Fitnesstest«, erklärte Pascal, »dann erstellen wir dir ein individuelles Trainingsprogramm. Du bekommst eine Liste mit deinen Übungen, in die du die Ergebnisse eintragen kannst.«

»Wie in der Schule?« Eva verzog das Gesicht.

»Du wirst sehen, wie befriedigend es ist, deine Fortschritte schwarz auf weiß zu sehen.«

Darauf erwiderte Eva nichts. Stattdessen sah sie sich in dem Studio um. Alle Geräte waren belegt. Junge, dynamische Männer und Frauen strampelten auf Laufbändern, stemmten Gewichte, und kein einziger hatte dabei ein Lächeln im Gesicht.

»Muss man eigentlich ein ärztliches Attest vorlegen, um hier trainieren zu können?«, wollte Eva wissen.

»Eigentlich nicht, aber wir fragen jedes Neumitglied nach Vorerkrankungen.«

»Und wie ist das bei Veganern? Dürfen die auch hier trainieren?«

»Natürlich. Warum denn nicht?«

»Ich dachte nur, dass Sport bei Mangelernährung nicht so gut ist.«

Jetzt lächelte Pascal ein wenig überheblich. »An unserer Sportbar kann man sich alles kaufen, was der Körper so braucht. Mineralien, Eiweißriegel, Sportgetränke. Außerdem ist die vegane Ernährung auf gar keinen Fall eine Mangelernährung, wenn man auf die richtige Zusammensetzung der Speisen achtet.«

»Ich frage nur, weil meine Nichte Veganerin ist, hier trainiert hat und nun gestorben ist. Mit Anfang 20.«

Pascal runzelte die Stirn. »Wer soll das denn gewesen sein?«

»Sophie Dunkel.«

Pascal runzelte die Stirn. »Ach, du meinst die kleine Blasse. Ja, es ist natürlich bedauerlich, dass sie tot ist, aber ehrlich gesagt, bin ich nicht wirklich überrascht.«

»Wieso das denn nicht?«

»Sie kam jeden Tag und trainierte wirklich hart. Zweimal ist sie uns schon auf dem Stepper zusammengebrochen. Wir haben ihren Trainingsplan reduziert, aber sie hat sich nicht daran gehalten. Und getrunken hat sie auch nichts. Einer von uns hätte jede halbe Stunde mit einem Glas Wasser zu ihr gemusst. Aber natürlich war dafür kein Personal da, und die Mitglieder sind für ihre Trinkmuster selbst verantwortlich.«

»Hatte sie keine Sportfreundinnen, die ein bisschen auf sie aufgepasst haben?«

»So viel ich weiß, nicht. Sie kam immer alleine, hat mit niemandem gesprochen und ist nach dem Training sofort wieder verschwunden.«

»Also kein Sportgetränk an der Sportbar?«

Pascal schüttelte den Kopf, und plötzlich wurde Eva wütend. »Da haben sie hier eine junge Frau, die offensichtlich Probleme hat, und keiner von Ihnen kümmert sich darum? Ist das vielleicht sportliche Kameradschaft?«

Pascal wand sich. »Jeder ist für sich selbst verantwortlich. Was können wir denn dafür, wenn sie mehr trainiert, als sie verträgt?«

Eva seufzte. Sie ahnte, dass Pascal tatsächlich nicht zu Schuldgefühlen fähig war. »Sie haben ja schließlich nur Ihren Job gemacht, nicht wahr?«

»So sieht es aus.« Pascal wandte sich ab, suchte mit Blicken das ganze Studio ab. »Hör mal, wir haben noch andere Neulinge, um die ich mich kümmern muss.«

»Verstehe ich«, erklärte Eva. »Aber erst, wenn wir zwei hier fertig sind. Mein Nachbar ist nämlich auch gestorben.«

»Jeden Tag sterben Menschen.«

»Aber Günther Neumann hat hier trainiert. Vielleicht hat er sich ja ebenfalls überanstrengt, ohne dass die Trainier das gemerkt haben.«

Da lachte Pascal los. »Der Neumann? Nö, der hat sich bestimmt nicht überanstrengt. Der hat doch die meiste Zeit geglotzt.«

»Was meinen Sie damit?«

»Naja, wenn der mal ein paar schnelle Schritte auf dem Stepper machte, wurde er gleich kurzatmig. Ich habe ihm geraten, vom Arzt mal sein Herz untersuchen zu lassen, aber davon wollte er nichts wissen. »Ich bin ein Best-Ager und kein Senior«, hat er immer gesagt. Ich habe ihm dann ein sehr moderates Trainingsprogramm erstellt. Bisschen Radfahren, bisschen Laufband, fünf, sechs Übungen mit Gewichten. Keine Sauna. Aber der Neumann, der war nicht wegen der Fitness hier, wenn du verstehst, was ich meine.« Er lächelte anzüglich und deutete auf eine junge Frau mit extrem knappen Oberteil.

Wieder verzog Eva den Mund. »Reden Sie über alle ihre Mitglieder so?«

Jetzt wurde der Sixpack-Mann sogar ein bisschen rot. »Nein, natürlich nicht. Aber du hast ja gefragt. Und jetzt ist er tot? Na, dann mein herzliches Beileid. Wenn du an der Bar noch mal Bescheid sagst, dann schreiben wir eine Trauerkarte.«

»Vielen Dank.« Eva gab dem Stepper einen leichten Klaps. »Hatte Herr Neumann hier Freunde?«

»Der Neumann kam mit allen gut klar. Hat immer jemanden zum Schwätzen gefunden. Ganz anders als die Sophie. So, jetzt muss ich aber wirklich. Sobald unser Gina da ist, schicke ich sie zu dir. Mach erst mal ein warm-up auf dem Stepper.« Eva konnte gar nicht so schnell gucken, wie der Mann sich aus dem Staub machte. Dann stieg sie von dem Gerät, schlenderte zur Sportbar, an der schon einige Gäste hockten, und bestellte sich einen Tiger-Drink, der aus Eiweiß, Milch und einem grünen Smoothie bestand und auch genauso schmeckte. Im Regal an der Wand waren *Love & 6*-Riegel aufgestapelt. Neben Eva saß eine junge Frau, deren enges Shirt verschwitzt war. Sie war etwa so alt wie Sophie, wirkte aber viel offener. Sie lachte über etwas, das der Mann hinter der Bar gesagt hatte, klatschte einen anderen im Vorübergehen ab und ließ dann ihre Blicke aufmerksam schweifen. »Hallo«, sprach Eva sie an. »Ich bin auf der Suche nach jemanden, der den Günther Neumann gut kannte.«

Das Mädchen lachte auf. »Den Günther? Den kannten wir hier alle gut. Der war ja praktisch hier zuhause.«

»Wie war er denn so?«

Das Mädchen kniff die Augen zusammen. »Warum wollen Sie das denn wissen?«

Eva beschloss, die Wahrheit zu sagen. »Er ist gestorben, und seine Frau glaubt nicht, dass es nur das Herz war. Wissen Sie vielleicht, ob er Feinde hatte?«

»Nein. Das glaube ich nicht. Keine Feinde. Manche Frauen mochten ihn nicht, weil er sie so angestarrt hat, aber im

Grunde war Günther harmlos.« Sie lächelte und drehte ihren Sportdrink hin und her. »Manchmal war er ein bisschen nervig, weil er immer über Sex gesprochen hat, dabei weiß doch jeder hier, dass so alte Männer überhaupt nicht mehr können, aber sonst war der eigentlich ganz süß.«

»Kannten Sie vielleicht auch Sophie?« Das Mädchen schaute mitleidig. »Die, die immer so depri war? Die gestorben ist? Pascal hat es gerade erzählt. Sind Sie etwa die Mutter?« Das Mädchen wollte ihr gerade die Hand schütteln und kondolieren, als Eva den Kopf schüttelte. »Nein, ich bin nicht ihre Mutter.« Und plötzlich erkannte Eva, warum sie Sophies Schicksal nicht losließ. Sie war gerade 23 Jahr alt, noch mitten im Studium, als sie schwanger geworden war. Schwanger von einem, den sie nicht einmal besonders mochte. Damals hatte sie gedacht, sie könnte ihr ganzes Leben samt aller Träume an den Nagel hängen, wenn sie das Kind bekam. Sie wollte das Kind abtreiben und hatte sogar schon einen Termin in der Klinik. Als sie am morgen dort eintraf, stand eine junge Frau vor der Tür, die hemmungslos weinte. »Kann ich Ihnen helfen?«, hatte Eva gefragt, aber die andere schüttelte den Kopf. Eva bot ihr eine Zigarette an, und dann erzählte die Fremde. »Ich habe gerade dort drinnen mein Kind wegmachen lassen«, erzählte sie. »Ganz knapp, 11. Woche. Die Ärztin hat mir gesagt, es wäre ein Junge geworden.«

»Und deshalb weinen Sie jetzt?«

»Ja. Vielleicht. Ich frage mich, wer mir das Recht gegeben hat, über das Schicksal dieses kleinen Jungen zu entscheiden.« Sie blickte Eva in den Augen. »Es war Mord. Das habe ich vorher nicht gewusst. Ich würde alles dafür geben, um das rückgängig zu machen.«

Und Eva hatte genau gewusst, wovon die Fremde sprach. Sie hatte kurz eine Hand auf ihren Bauch gelegt. Dann war sie gegangen. Im sechsten Monat hatte sie dann eine Fehlgeburt gehabt. Sie war nie wieder schwanger geworden, aber das kleine Mädchen, das sechs Monate in ihr gewohnt hatte, hatte sie nicht vergessen. Und auch nicht den Namen, den sie ihr hatte geben wollen: Sophie.

»Was wissen Sie über Sophie?«, fragte Eva die junge Sportlerin.

»Nicht so viel. Sie hat mit niemandem gesprochen.«

»Kannte jemand sie näher?«

Das Mädchen schüttelte den Kopf. »Vom Studio nicht, so weit ich weiß. Aber mit der Yogalehrerin konnte sie wohl gut, mit der Christin.«

»Und wo finde ich Christin?«

Das Mädchen blickte auf die Studiouhr. »Jetzt hat sie gerade Kurs im ersten Stock. Aber in zehn Minuten ist sie fertig.«

Eva dankte, zog sich rasch an, warf draußen ihre Jogginghose in eine Mülltonne und stand pünktlich vor der Tür des Yogaraumes. Lachende junge Frauen und sogar zwei Männer kamen heraus. Sie trugen leuchtende knallenge Sachen und tranken aus Wasserflaschen. Eva betrat den Raum. Eine Frau um die Dreißig rollte ein paar Yogamatten zusammen und riss die Fenster auf.

»Sind Sie Christin?«, wollte Eva wissen.

»Ja. Das bin ich. Kann ich helfen?«

»Es geht um Sophie.«

»Sophie? Die habe ich schon eine Weile nicht mehr gesehen. Warum wollen Sie das wissen?«

»Ich bin ihre Tante. Und ich kann mich einfach nicht mit dem so frühen Tod meiner Lieblingsnichte zufrieden geben. Wissen Sie, ich mache mir Vorwürfe. Habe ich mich zu wenig um sie gekümmert? Aber gut, sie hat ja selbst immer gesagt: ›Tantchen, ich bin erwachsen und kompetent.«

Die Yogalehrerin schnappte nach Luft. »Sie ist tot? Echt?«

Eva nickte. »Sie ist gestorben. Gute sechs Wochen ist das jetzt her.«

»Ach?« Christin setzte sich auf eine Turnbank. »Hat sie sich umgebracht?«

Eva setzte sich neben sie. »Nein. Sie ist an einem Aneurysma gestorben. Hatten Sie denn das Gefühl, dass sie selbstmordgefährdet war?«

»Wer weiß das schon so genau bei einem anderen Menschen. Sophie hatte schwere Depressionen. Aber vor ein paar Monaten war sie wie ausgewechselt. Ich fragte sie im Spaß, ob sie verliebt wäre. Und sie strahlte und sagte ja. Sie war fröhlich, trainierte nicht mehr bis zur totalen Erschöpfung und sie hatte wohl auch ihr Studium wieder aufgenommen. Sie hat sich auch darüber gefreut, dass der Freund ihr beim Verkauf des Hauses helfen wollte. Und dann kam sie plötzlich nicht mehr. Ich meine, nicht mehr zum Yoga. Nur unten im Studio war sie noch, hat noch härter trainiert als vorher. Jemand hat mir erzählt, Sophie hat erfahren, dass ihr Freund verheiratet ist und gar nicht an eine Scheidung denkt. Das hat ihr wohl den Rest gegeben. Tja. Das ist schon tragisch.«

»Ihr Tod?«

»Ja. Der auch. Aber dass heutzutage noch immer manche Mädchen und Frauen sich nur dann lieben können, wenn jemand anders sie liebt. Tut er das dann nicht, ist plötzlich alles nichts mehr wert.«

Christin wandte sich Eva zu. »Ist sie schon beerdigt?«

Eva nickte. »Auf dem Bornheimer Friedhof.«

Christin stand auf. »Ich werde ihr Blumen bringen. Armes Ding. Ich hätte mir ein leichteres Leben für sie gewünscht. Aber vielleicht ist ihr auch viel Leid erspart geblieben. Sie war nicht geschaffen für die Freude.«

Siebzehntes Kapitel

Konrad Auer wartete schon seit einer Viertelstunde auf Karpinski. Am Morgen hatte er den Ausbildungsvertrag mit dessen Tochter unterschrieben und ihm eine Kopie davon zugefaxt. Jetzt wartete er, ging vor dem Café Wiesehöfer auf und ab, spähte gelangweilt durch die Schaufenster und wurde von Minute zu Minute ärgerlicher. Er holte sein Telefon heraus, rief ihn an, bekam aber nur die Mailbox zu hören. »Karpinski, ich warte. Und wenn du jetzt glaubst, du musst nicht kommen, weil deine Halinka ihren Ausbildungsplatz hat, dann lass dir gesagt sein, dass man solche Dinge blitzschnell wieder rückgängig machen kann. Hast du mich verstanden? Also bewege deinen Arsch schleunigst hierher.«

Auer steckte das Telefon weg und sah auf die Uhr. 20 Minuten zu spät. Normalerweise war Karpinski überpünktlich. Normalerweise war sein Handy immer eingeschaltet. Es musste etwas passiert sein. Auer spähte die Straße hinauf und hinab, dann begab er sich zwei Häuser weiter und klingelte bei Frau Neumann. Er wünschte herzliches Beileid, fragte, wie es ginge und fuhr dann fort: »Frau Neumann, Sie sind sicherlich darüber informiert, dass Ihr verstorbener Mann das Haus verkaufen wollte. Nun sind die Umstände zwar gerade nicht günstig, aber ich wollte Ihnen trotzdem einen Vorschlag machen. Ich würde Ihnen gern das Haus abkaufen. Mit dem Geld könnten Sie einen ruhigen, unbeschwerten Lebensabend in einem schönen Seniorenheim verbringen. Sie werden ja auch nicht jünger, stimmts. Hahaha.«

»Wie bitte?«

Frau Neumann riss überrascht die Augen auf.

»Sie wissen von nichts?«

»Nein. Von gar nichts.«

Konrad nickte. In seinem Kopf formierte sich blitzschnell ein neuer Plan. »Nun, wir haben vor ein paar Wochen eine Begehung Ihres Hauses gemacht.«

»Wer wir?«

»Ihr werter Herr Gemahl, ein Gutachter und ich. Dabei hat sich herausgestellt, dass Ihre Heizung dringend erneuert werden muss. Im Grunde ist sie sogar schon ungesetzlich. Zumindest nach den neuen Verordnungen. Ihre Öltanks sind veraltet, der Kessel ist ebenfalls über dreißig Jahre alt und die Abtrennung zwischen den Tanks und dem Brenner muss abgetragen werden. Außerdem ist sie schadstoffreich, genügt nicht mehr den gesetzlichen Anforderungen.«

»Tatsächlisch?« Frau Neumann verzog skeptisch den Mund. »Ei, des is alles net neu, das hat uns der Schornsteinfescher schon im letzte Herbst erklärt. Mer habbe auch schon zwa Angebode von dene Heizungsbaufirmen vorliesche. Günther hatte sich für so a Wärmepumpeheizung entschiede.«

Jetzt war Auer überrascht. Er hatte zwar tatsächlich mal mit Neumann gesprochen, doch der hatte nichts von einer neuen Heizung erwähnt.

»Nun, dann wäre da aber noch die Wärmedämmung der Wände.«

Frau Neumann winkte ab. »Dafür gibt es ka gesetzlische Vorschrifte. Noch nicht.«

Eigentlich hätte Konrad Auer jetzt aufstehen und gehen müssen, aber er wollte dieses Haus so dringend, dass er sich einfach nicht geschlagen geben konnte. »Und das Ungeziefer? Der Rattenbefall?«

»Rattenbefall? Sie, des ane sach ich Ihne. Mir habe hier ka Radde. Und wenn doch, dann erschlache ich des Vieh eischenhändisch. Wo wollen Se denn ane gesehe habe?«

»Im Keller.«

»Unmöchlich. Da is des Gift ausgestreut. Hat der Kammerjäger gemacht.«

Jetzt war Auer mit seinem Latein fast am Ende. »Sie wollen also gar nicht verkaufen?«, fragte er einigermaßen fassungslos.

Frau Neumann lächelte. »Des waaß ich noch net. Mein Günther ist net e'mal mal unner der Erd. Des muss ich mit den Kinnern noch bespreche. Aber über des Seniorenheim habe ich schon nachgedacht.«

Auer schnupperte Morgenluft. »Na, sehen Sie, Frau Neumann. Das ist doch in Ihrem Alter nur vernünftig. Lassen Sie sich Zeit mit der Entscheidung. Sie wissen ja, wo Sie mich finden. Und ein besseres Angebot als meines werden Sie nicht finden.«

»Was wolle Sie eischentlich mit dem Haus?«, verlangte Frau Neumann zu wissen. »Reicht Ihne denn der Supermarkt net? Habbe Sie net außerdem des Haus in der Spessartstraße gekauft?«

Auer stutzte. »Woher wissen Sie denn das?«

Frau Neumann lachte auf. »Ei, Herr Auer, mer lebe in Bornheim. Und Bornheim is nu e'mal e Dorf.«

»Ich muss den Chef sprechen. Es ist dringend.« Der junge Mann, der sich breitbeinig vor Evas Kasse aufgebaut hatte, sah nicht aus wie einer der üblichen *Vollkorn*-Kunden.

»Tut mir leid, der Chef ist nicht im Hause.«

»Und wo isser?«

Eva besah den jungen Mann von den labberigen Jogginghosen bis auf die ausgebeulte Lederjacke. »Das wüssten wir selbst auch sehr gern.«

»Es ist aber dringend.«

»Tja, aber er ist nun mal nicht da.« Eva fummelte eine neue Papierrolle in ihre Kasse. »Kann ich Ihnen vielleicht weiter helfen?«

Der junge Mann trat unruhig von einem Bein auf das andere. »Kommt er heute noch mal wieder?«

»Das weiß ich nicht. Ich kann Ihnen nicht helfen?«

Der Mann antwortete wieder nicht. »Ich muss ihn heute noch treffen. Hier, im Laden.«

»Dann rufen Sie ihn doch an. Sein Handy hat er immer dabei.«

Das Gesicht des Mannes erhellte sich.

»Sagen Sie mal an.«

»Wie?«

»Na, die Handynummer vom Chef.«

Eva schüttelte den Kopf. »Wir geben die Nummer nicht so einfach an Kunden raus. Und wenn dann noch Leute kommen, die nicht mal Kunden sind, erst recht nicht.«

Der Mann sah jetzt ziemlich gehetzt aus. »Ich wollte schon gestern kommen, aber da war ich aufs Amt bestellt.«

»Tut mir leid.« Eva knallte den Deckel ihrer Kasse zu. Dann beobachtete sie erstaunt, wie der junge Mann in den labberigen Jogginghosen die gesamten Liebesriegel – es waren genau 34 Stück – auf das Kassenband knallte.

»Wie ist mit Rabatt?« Er sprach den Slang der coolen jungen Typen und verlagerte das Gewicht von einem gespreizten Bein auf das andere.

»Bei uns gibt nur der Chef persönlich Rabatt. Und auch erst ab einer Menge von 50 Stück.«

»Mir hat er immer gegeben. Zehn Prozent.«

Eva zuckte mit den Schultern. »Dann müssen Sie wohl doch warten, bis er wieder kommt.«

»Fuck!« Der Mann suchte in seiner Jogginghose nach ein paar gerollten Geldscheinen, während sein Handy klingelte. Er knallte das Geld auf das Zahlfeld und schrie in sein Handy: »Ja, Alter, jetzt bleib mal locker. Ich habe das Zeug ja. In Viertelstunde bin ich da.«

Dann angelte er sich einen alten Karton aus der Papierbox, stopfte die Riegel hinein und verließ den Laden. Eva beugte sich rüber zu Frau Gundermann, die in der Kasse 2 saß. »Was war das denn?«, fragte Eva.

Frau Gundermann kicherte. »Bestimmt einer von diesen Bodybuildern. Der Chef vertickt dort ja wohl auch seine Riegel.«

Eva reckte sich. »Ich mach mal Pause. Nur mal eine Viertelstunde, denn ich hatte heute noch keinen Kaffee.«

»Lass dir Zeit. Wenn was ist, kann ich ja rufen.«

Eva nickte ihrer Kollegin zu und begab sich nicht in den Aufenthaltsraum für die Angestellten, sondern direkt ins Büro von Konrad Auer. Dort setzte sie sich in dessen Schreibtischstuhl und ließ die Blicke schweifen. Sie war müde, hatte die halbe Nacht nicht geschlafen, weil sie immer wieder darüber nachdachte, ob es tatsächlich sein konnte, das Konrad Auer das Haus in der Spessartstraße gekauft hatte. Christin hatte zwar keinen Namen genannt, aber jemand anders kam einfach nicht in Frage. Hatte er mit Sophie nur wegen des Hauses eine Romanze begonnen? Und hatte der Kauf nun mittlerweile über Milan stattgefunden? Sie tippte auf den Rechner, dessen Bildschirm hell wurde, dann versuchte sie wieder einmal das Passwort einzugeben. Der Bildschirm blieb dunkel. Eva probierte es erneut mit allen Namen und Daten, die ihr einfielen, aber das Programm verwehrte ihr den Zugriff. Sie drehte sich auf dem Stuhl herum, betrachtete wieder das Regal mit den Ordnern. Es war kein neuer dazu gekommen. Also zog sie an den Schreibtischschubladen, aber die waren abgeschlossen. Sie blickte auf dem Tisch umher, las einige Zettel, hob andere auf und griff sogar schließlich in den Papierkorb. Dort fand sie aber nur eine merkwürdige Rechnung:

7,99 + 24,00 = 31,99
32,00 x 100 = 3.200 x 4 = 12.800

Die Zahl 12.800 war dick mit rotem Stift unterstrichen. Eva hatte keine Ahnung, was diese Zahlen bedeuten sollten. Produkte für 7,99 gab es viele im Laden. Und für 31,99 konnte man die Chlorellapresslinge kaufen. Sie konnte sich keinen Reim darauf machen, was diese Rechnung bedeuten könnte. Plötzlich hörte sie ein Geräusch. Ein Schlüssel wurde in die Hintertür gesteckt, und Konrad Auer betrat den Laden. Er fand Eva über seinen Schreibtisch gebückt.

»Was machen Sie denn hier?«, wollte er wissen.

»Ich schreibe Ihnen eine Notiz. Da war nämlich vorhin ein Herr in Jogginghosen da, der etwas abholen wollte. Nur bei Ihnen. Dann hat er unseren Restbestand *Love & 6* aufgekauft. 34 Stück. Rabatt habe ich ihm keinen gegeben.«

Sie sah, dass Konrad Auers Blick hinter die Tür huschte. Sie beugte sich zur Seite, und erkannte vier Kartons, bedruckt mit dem Absender der Riegelfirma.

Auer fasste sich mit dem Finger in den Hemdkragen und drehte den Kopf hin und her. »Wir beliefern jetzt einige Einrichtungen damit. Oder denken Sie vielleicht, Ihr Gehalt erscheint ganz von selbst auf Ihrem Konto?«

»Nein, natürlich nicht. Und eigentlich wollte ich auch nur wissen, was wir tun sollen, wenn so etwas wieder vorkommt. Wo finden wir dann die Ware?«

Auer räusperte sich und setzte sich in seinen Bürostuhl. »Da müssen Sie sich keine Sorgen machen, Frau Sandmann. Das wird nicht wieder vorkommen.«

»Na, dann ist es ja gut.« Eva fand Auers Geheimniskrämerei beinahe lustig, aber dann fiel ihr das Haus von Sophie ein.

»Ach, was ich Sie noch fragen wollte. Gehört Ihnen nun das Haus in der Spessartstraße?«

»Was?« Auer hatte sein Passwort eingegeben und etwas auf dem Bildschirm gelesen. Eva wiederholte ihre Frage.

Da lehnte sich Auer auf seinem Stuhl zurück, verschränkte die Arme vor der Brust und musterte Eva ausgiebig. »Meine liebe Frau Sandmann. Wir wissen alle, dass sie Privatdetektivin sind. Und wir wissen auch, dass sie damit nicht so irrsinnig viel Geld verdienen. Und ich kann Ihnen nur dringend ans Herz legen: Ermitteln Sie nicht hier im Laden. Sonst kann es sein, dass bald jemand anders an Kasse 3 sitzt.«

»Verstanden!« Eva nickte. »Entschuldigung, kommt nicht wieder vor. Ich habe ja auch nur gefragt, weil ich doch eine neue Wohnung suche«, log sie.

Auer kniff kurz die Augen zusammen. »Sie suchen eine neue Wohnung? Wie viel wollen Sie denn ausgeben?« Er schob sich nach vorn, stützte die Ellbogen auf den Schreibtisch.

»Nicht mehr als 1.000 Euro warm. Und drei Zimmer sollte sie schon haben.«

Da lachte Auer. Er riss den Mund auf, so dass Eva sein Gaumenzäpfchen sehen konnte. »1.000 Euro warm?«, prustete Auer. »Sagen Sie mal, Frau Sandmann, wo leben Sie denn? Sie können sich glücklich schätzen, wenn Sie hier im Viertel eine 3-Zimmer-Wohnung für 1.500 Euro kalt kriegen.«

Eva tat bestürzt: »Oh, dann hatte ich wohl falsche Vorstellungen. Und wenn Ihnen das Haus in der Spessartstraße doch nicht gehört, kann ich wohl auch nicht auf einen Preisnachlass hoffen.«

Jetzt grinste Auer über das ganze Gesicht. »Damit Ihre Neugier befriedigt ist: Ja, mir gehört das Haus. Und nein, Sie werden dort ganz bestimmt nicht einziehen. Das können Sie sich nämlich gar nicht leisten. Und Preisnachlässe bekommen nicht mal meine besten Freunde. Geschäft ist Geschäft und Schnaps ist Schnaps.«

Eigentlich hätte Eva zu gern noch gewusst, wann und warum Konrad Auer sich von Sophie getrennt hatte. Oder hatte Sophie sich getrennt? Aber sie ahnte, dass sie von ihrem Chef darauf keine Antwort erhalten würde. Außerdem kannte sie das Mädchen mittlerweile so gut, dass sie fest daran glaubte, dass die Trennung von Auer ihr ziemlich zugesetzt haben musste.

Achtzehntes Kapitel

Ihre Mittagspause verbrachte Eva heute mal im Café Wiesehöfer. Normalerweise verkniff sie es sich, dorthin zu gehen: Einmal aus Loyalität gegenüber den Produkten im *Vollkorn* und zum anderen aus Gewichtsgründen. Heute aber wollte sie mit den Herren aus Günther Neumanns Kaffeerunde ins Gespräch kommen. In der Tür prallte sie geradewegs mit dem merkwürdigen Kunden in der Jogginghose und Lederjacke zusammen. Er entschuldigte sich flüchtig, aber Eva hatte nicht den Eindruck, dass er sie erkannt hatte.

Außerdem war heute Mittwoch, und Eva hoffte, dass sie vielleicht Günther Neumanns Geheimnis einen Schritt näher kommen würde. Sie setzte sich an den Nebentisch, ließ sich beäugen und bestellte bei Erika einen doppelten Espresso und drei Quarkbällchen. Dann wartete sie so lange, bis wieder einer der Herrenrunde zu ihr schaute und fragte: »Sagen Sie, sind Sie nicht die Freunde von Herrn Neumann?«

Die Herren nickten. Zwei kniffen auf der Stelle die Augen ein wenig misstrauisch zusammen, einer aber rückte den Stuhl zu ihr herum. »Ei, kannte Sie den Günther aach?«

»Nicht besonders gut. Aber seine Frau kenne ich.«

»Die Gudrun ja, die arme Haut. Sie hatten noch so viel vor.«

Eva trank vorsichtig einen Schluck von dem heißen Espresso. »So? Was denn?«

»Ei, die Gudrun, die wird doch dieses Jahr 70. Da wollte er ihr eine Weltreise schenken. Vier Monate mit der *Aida* um die ganze Welt.«

»Oh!« Eva zeigte sich gebührend beeindruckt. »Was für ein Jammer, dass das nun nicht klappt. Hoffentlich hatte er noch nicht gebucht. So eine Reise ist bestimmt wahnsinnig teuer.«

Die Herrenrunde blickte sich an. »Ei, hat der Günther schon gebucht?« Alle zuckten mit den Achseln. »Aber wenn«, sagte der erste. »Dann wird er das beim Guido gemacht haben. Wissense, das Reisebüro neben der Buchhandlung.«

Eva nickte. »Ich werde Frau Neumann mal ganz vorsichtig danach fragen. Aber sagen Sie mal, da muss der Herr Neumann ja im Lotto gewonnen haben.«

Jetzt grinsten die drei so breit wie Briefkästen. Einer hob den Zeigefinger und fuchtelte damit in der Luft herum. »Der Günther, der war clever. Der wusste schon immer, wie man seine Schäfchen ins Trockne bringt.«

»Armin, jetzt lass mal die junge Frau in Ruhe ihre Quarkbällchen essen«, mischte sich ein anderer ein, und auch der letzte Mann machte seinem Freund ein Zeichen, dass er nun lange genug geredet hatte. Dann steckten die drei die Köpfe zusammen und tuschelten so leise, dass Eva nichts verstehen konnte. Und es war nicht zu übersehen, dass sie auch nichts hören sollte. Schließlich erhob sich einer der Männer, klopfte auf den Tisch wie in einer Kneipe und ging. Durch das Schaufenster sah Eva, wie er einen *Love & 6*-Riegel aus einem großen braunen Papierumschlag holte, lächelte, ihn auspackte und kräftig hinein biss. Die beiden anderen Männer hatten ihren Freund ebenfalls beobachtet und lachten. »Ei, der Lothar«, sagte der eine, »der kann auch nicht genug kriegen.«

»Ja«, kicherte der andere, »wie wir alle nicht. Ich frage mich nur, ob seine Alte das alles mitmacht.«

Wieder lachten die beiden Männer, dann blickten sie zu Eva und verstummten. Und Eva wusste, dass sie von ihnen nichts mehr erfahren würde. Aber das, was sie gesehen hatte, ließ sie mehr als nachdenklich werden: Der Käufer der 34 Liebesriegel und der braune Umschlag, von dem Erika gesprochen hatte.

Am nächsten Tag hätte sie eigentlich erst um Mittag mit der Arbeit im Supermarkt beginnen müssen, doch schon kurz nach 8 Uhr klingelte ihr Telefon. Frau Gundermann war dran. »Eva, du musst sofort kommen.«

»Was ist denn passiert?«

»Das kann ich dir jetzt nicht alles erklären. Komm einfach so schnell du kannst.«

»Gut. Ich mache mich auf den Weg.«

Eva sprang in ihre Kleidung, setzte sich auf ihr Fahrrad und war zehn Minuten später auf der Berger Straße. Sie liebte die Gegend zu dieser frühen Morgenstunde ganz besonders. Die Ladeninhaber räumten ihre Aufsteller raus, riefen sich Grüße und Scherze zu. Der Postmann rauchte vor dem Café Wiesehöfer seine erste Zigarette, andere Leute eilten in Richtung U-Bahn, Schulkinder trödelten mit dem Ranzen auf dem Rücken herum, und alles wirkte noch frisch und ausgeschlafen. Selbst die Luft kam Eva morgens sauberer vor.

Neunzehntes Kapitel

Das *Vollkorn* war noch geschlossen, als Eva dort ankam. Vor der Tür hatten sich bereits einige Kunden eingefunden, die neugierig durch die Scheiben spähten.

Eva schloss gerade ihr Fahrrad an, da wurde der Buchhändler Aldo auf sie aufmerksam. »Sag mal, was ist denn heute bei euch los? Ihr macht doch sonst immer pünktlich auf. Ist was passiert? Ich brauche nämlich dringend frische Liebesriegel. Wir haben heute neue Erotikliteratur bekommen.«

»Irgendwas mit der Elektrik, glaube ich«, log Eva. »Der Stördienst ist schon unterwegs.« Dann schloss sie den Laden auf und rasch wieder hinter sich zu, eilte durch die dunklen, stillen Regalgänge, in die noch nicht einmal die frische Ware eingeräumt war, und gelangte schließlich zum Büro.

»Ach, du lieber Himmel«, entfuhr es ihr, als die Konrad Auer auf dem Boden liegen sah. Über sein Gesicht zog sich eine fingerdicke Blutspur, die wohl von seiner Schläfenwunde stammte. Das linke Auge war zugeschwollen, in der Lippe hatte er einen Riss und er hielt sich die Rippen und jammerte fürchterlich. Frau Gundermann kniete neben ihm und versuchte, die Schläfenwunde mit warmem Wasser zu säubern, aber Auer wand sich unter ihr wie ein nasser Fisch.

»Überfall«, stammelte Auer. »Draußen, auf dem Parkplatz.«

Nur kurz sammelte sich Eva, dann schickte sie Frau Gundermann, den Laden öffnen, holte den Verbandskasten aus dem kleinen Personalraum, entnahm Jod und reinigte Auers

Wunde, ohne auf sein Geschrei zu achten. »Also, was genau ist passiert?«

Auer verzog den Mund und presste eine Hand auf seine Rippen. »Die sind bestimmt gebrochen.« Eva, die sich ihr Studium als Rettungssanitäterin erarbeitet hatte, fühlte nach und erklärte: »Das muss geröntgt werden. Ich rufe jetzt mal den Notarzt.«

»Nein! Um Gottes Willen, bloß das nicht!« Auers Augen bekamen einen panischen Ausdruck.

»Warum nicht?«

»Weil es eigentlich gar nicht so schlimm ist. Ich mache heute mal ein bisschen langsamer. Und morgen ist alles wieder vorbei.«

Eva betrachtete kritisch seine schief stehende Nase und deutete dann mit dem Finger darauf. »Kann aber sein, dass die gebrochen ist. Und dann noch die Rippen.« Sie hielt kurz inne, dann fragte sie: »Hat man Ihnen ein paar Faustschläge ins Gesicht verpasst? Und Ihnen in die Rippen getreten, als sie auf dem Boden lagen?«

Auer nickte. »Das kam ganz überraschend. Sie waren zu zweit.«

»Hat man Ihnen etwas gestohlen? Geldbörse, Uhr, Kreditkarten?«

Auer, noch immer benommen, schüttelte den Kopf.

Eva nickte nachdenklich. »Dann waren Sie entweder ein zufälliges Opfer, was ungewöhnlich wäre, denn am hellichten Tag bekommt man auf den wenigsten Parkplätzen so einfach eine Tracht Prügel, oder aber Sie haben Feinde.«

Auer richtete sich auf, stöhnte dabei gottserbärmlich. In seinem Blick flackerte jetzt Angst. »Meinen Sie, es war ein gezielter Überfall?«

Eva zuckte mit den Achseln. »Das müssen Sie besser wissen als ich. Hätte denn jemand Grund, Ihnen eine Abreibung zu verpassen?« Auer klappte den Mund auf. Er wollte etwas sagen, doch in diesem Augenblick stürmte Frau Gundermann in das Büro. »Eva, du musst kommen. Der Laden ist übervoll.«

»Wir reden später«, sagte sie zu Auer, drückte zwei Schmerztabletten aus dem Blister, füllte ein Glas Wasser und reichte alles dem Verletzten. »Bleiben Sie noch ein bisschen liegen.«

Auer nahm die Schmerztabletten, nickte und legte sich wieder lang.

Vor dem Kühlregal stand Frau Löffler und lamentierte: »Keine frische Sojamilch? Und wo ist denn das ganze Obst? Die Birne hier, die mit der schlechten Stelle, die lag gestern schon da.«

Hastig schleppte Eva die Obst- und Gemüsekisten aus dem Lager, befüllte die leeren Stiegen, räumte Milchkartons, Quark und Käse in das Kühlregal, und ehe sie es sich versah, waren zwei Stunden vergangen. Erschöpft nutzte sie einen ruhigen Augenblick und lehnte sie sich an Frau Gundermanns Kasse. »Weißt du, was passiert ist?«

Frau Gundermann spitzte die Lippen. »Es war kurz nach 7 Uhr heute Morgen. Ich habe gerade die Ware gezählt, als ich auf dem Hinterhof einen Schrei hörte. Da bin ich in die Toilette gegangen, habe mich auf den Deckel gestellt und gesehen, wie zwei Männer unsern Chef gründlich vermöbelt haben.«

»Haben Sie was dabei gesagt?«

Frau Gundermann nickte und zog die Stirn kraus. »Und weißt genau, wofür das ist. Und dann kam ein polnischer und russischer Satz, den ich nicht verstanden habe.«

»Sonst noch was?«

»Mach das nicht noch einmal, sonst passiert was.«

»Die haben Auer also gedroht?«

»Ja. So schien es mir jedenfalls.«

»Aber du hast keine Ahnung, weshalb? Warum hast Du nicht die Polizei gerufen?«

»Das wollte ich ja, aber es ging alles so schnell, ich bin rausgerannt mit dem Telefon in der Hand und dann haben die mich gesehen und sind abgehauen.«

»Hast du sie erkannt?«

»Nein. Gar nicht. Sie trugen Jeans und Kapuzenshirts. So wie alle. Dann hat Auer mir verboten, die Polizei zu holen, also habe ich dich angerufen.

Frau Gundermann schüttelte den Kopf, als könnte sie immer noch nicht fassen, was geschehen war. »Sag mal, kannst du heute bis zum Schluss bleiben, obwohl du jetzt schon da bist? Jemand hat bei meinem Friseur seinen Termin abgesagt und ich kann da einspringen.«

»Kein Problem, mache ich gern. Aber jetzt muss ich noch mal nach Auer schauen.«

Sie ging zurück ins Büro. Auer lag noch immer auf dem Boden, drückte ein nasses Tuch auf sein geschwollenes Auge. Eva setzte sich in einen Stuhl und betrachtete Auer schweigend.

»Haben Sie schon die Polizei verständigt?«, wollte sie wissen.

»Nein. Keine Polizei. Kein Notarzt. Nichts.«

»Aber Sie sind überfallen worden.«

»So schlimm war es gar nicht. Es war auch gar kein richtiger Überfall. Eher eine Art Unfall oder Missverständnis.«

Darauf schwieg Eva, hielt aber ihren Blick auf Auer gerichtet. Sie hatte schon oft die Erfahrung gemacht, dass das eigene Schweigen die anderen Leute zum Reden brachte. Auch Auer hielt die Stille nicht aus.

»Es muss eine Verwechslung gewesen sein.« Er lachte schrill. »Wer soll mir schon etwas tun wollen? Ich habe nichts getan, bin immer nett und freundlich. Sie kennen mich ja.«

Jetzt nickte Eva. »Ja. Aber trotzdem sind Sie verprügelt worden. Kann das was mit dem Haus in der Spessartstraße zu tun haben, das sie gerade gekauft haben?«

Auer wedelte energisch mit der Hand in der Luft herum. »Nein, auf gar keinen Fall. Da ging alles mit rechten Dingen zu. Notar, Grundbuchamt, alles, wie es sich gehört.«

»Und die Mieter? Frau Löffler erzählte, dass sie ihrer Freundin gekündigt haben. Nach 40 Jahren! Ich kann mir schon vorstellen, dass so etwas jemanden auf die Palme bringt.«

»Auch das ist alles rechtens. Das Haus ist in einem erbärmlichen Zustand und muss von Grund auf saniert werden. Ich habe den Mietern im Haus nahegelegt, sich etwas anderes zu suchen, denn nach der Sanierung werden die Wohnungen in Eigentum umgewandelt. Ich habe mich genau an die Gesetze gehalten.«

»Oh, das haben Sie bestimmt.« Eva machte sich nicht die Mühe, den Sarkasmus in ihrer Stimme zu unterdrücken. »Haben Sie denen auch gleich die neuen Preise genannt?«

»Was wollen Sie, Frau Sandmann? Ich habe viel investiert. Das muss sich rechnen. Ich verlange nicht mehr, als andere Vermieter auch. Und es ist bestimmt nicht meine Schuld, dass Bornheim sich immer mehr zum Szeneviertel entwickelt. Wenn Sie jemandem daran die Schuld geben wollen, dann müssen Sie sich an die Europäische Zentralbank wenden. Der Neubau hat alle anliegenden Viertel enorm aufgewertet.«

»Sie haben also keine Ahnung, wer Ihnen da eine Abreibung verpasst hat?«

»Nein.«

»Und Sie wollen weder die Polizei noch einen Krankenwagen.«

»Richtig.«

»Na, dann. Ihre Entscheidung. Aber fahren Sie wenigstens kurz nach Hause und machen Sie sich frisch.«

Eva erhob sich.

»Eine Frage, Frau Sandmann. Haben Sie zufällig ein Pfefferspray in der Tasche?«

»Pfeffersprays sind nicht erlaubt. Zumindest ihr Einsatz gegen andere Menschen nicht. Aber ich habe ein Hundeabwehrspray dabei. Warum wollen Sie das wissen?«

»Naja, ich dachte, Sie könnten mir das vielleicht ausleihen, wenn ich heute Abend die Tageseinnahmen zur Sparkasse bringe. Und auch so vielleicht. Der Parkplatz ist ziemlich dunkel.«

Eva kramte in ihrer Handtasche und zog die kleine, fingergroße rote Sprühflasche hervor. »Seien Sie vorsichtig damit. Und wenn was ist, ich habe ja heute Spätschicht.«

»Danke.« Auer schloss für einen Moment die Augen und seufzte, und Eva wusste, dass er Angst hatte. Richtige Angst.

Der Laden war voll, denn es hatte sich herumgesprochen, dass Konrad Auer einen »kleinen Unfall« hatte. Die Bornheimer standen in kleinen Trauben mitten im Laden. Frau Löffler erzählte, wie sie als junges Mädchen einmal beinahe überfallen worden wäre, jemand schimpfte auf die Polizei, die nie da wäre, wenn man sie einmal brauchte. Eine junge Frau brachte die Hell's Angels ins Spiel und jemand anderes benutzte das Wort »Schutzgeld«. Aber so unterschiedlich die Meinungen auch waren, über eins waren sich die Kunden des Supermarktes *Vollkorn* einig, nämlich darüber, dass es so etwas früher nie gegeben hätte. Dann kam der Briefträger in den Laden, drückte Eva einen dicken Packen Post in die Hand und berichtete, dass es im Viertel einige Fälle von eingeschlagenen Autoscheiben gegeben hatte, dann zerstreute sich die Versammlung, und Eva hatte Zeit, die Post zu studieren: Rechnungen,

Werbeblätter, ein Brief vom Finanzamt, zwei von der Sparkasse, einer vom Verband der Einzelhändler und einer vom Bornheimer Gewerbeverein und ganz unten fand sich ein gewöhnlicher brauner Umschlag, der Eva sofort ins Auge fiel. Er war nicht mit einem Aufkleber beschriftet, sonder jemand hatte die Adresse des Supermarktes in großen Blockbuchstaben geschrieben, die aussahen, als wäre sie mit der Schablone gezeichnet. Zwar stand auf dem Umschlag »Geschäftsführer Konrad Auer persönlich«, aber Eva war schließlich Privatdetektivin. Außerdem stand die Sicherheit aller Mitarbeiter auf dem Spiel. Sie rief also Frau Gundermann zu, dass sie mal kurz verschwinde, dann öffnete sie über dem Wasserkocher im Personalraum den Brief. Er enthielt ein Blatt Papier mit nur einem einzigen Satz, wiederum aus einer Buchstabenschablone abgemalt: »Wir kriegen dich!«.

Sorgfältig verschloss Eva den Umschlag und legte ihn zusammen mit der anderen Post auf Auers Schreibtisch. Dann überlegte sie. Erst der Tod von Sophie, dann der von Günther Neumann, heute der Überfall auf Auer und nun noch der Drohbrief. Sie hatte das Gefühl, dass eines mit dem anderen zusammen hing, aber sie konnte sich keinen Reim drauf machen. Das Einzige, was die Personen miteinander verband, war der Riegel *Love & 6*. Aber auch viele andere hatten diesen Riegel gekauft und ihnen war nichts Ungewöhnliches widerfahren. Zumindest, wenn man einmal davon absah, dass scheinbar ganz Bornheim in Frühlingsgefühlen schwebte und das Lendenglühen fast schon einen so großen Stellenwert in den Gesprächen hatte wie im Bahnhofsviertel. Außerdem kannte Auer sowohl Sophie als auch Herrn Neumann. Aber reichte das aus? Sophie war nachweislich an einem Aneurysma gestorben, und Günther Neumann an einem Herzinfarkt. Eva beschloss, gleich am nächsten Tag noch einmal zu Frau

Neumann zu gehen. Sie hatte sie ohnehin nach den gewechselten Umschlägen in der Caférunde ihres Mannes zu fragen, auch wenn sie glaubte, dass Frau Neumann davon nichts wusste. Jetzt aber musste sie erst einmal den Laden schließen und sich um die Einnahmen kümmern. Sie blickte auf die Uhr, forderte die letzten Kunden auf, sich zu beeilen, und um 10 Minuten nach 20 Uhr schloss sie die Türen ab, verriegelte sie ordentlich durch eine Sperre kurz über dem Fußboden und schaltete die Alarmanlage ein. Dann nahm sie die Geldlade aus der Kasse und begab sich ins Büro. Auer war schon da. Er sah noch immer ramponiert aus, aber wenigstens war die Schläfenwunde ordentlich versorgt und er trug eine Sonnenbrille, die sein Veilchen bedeckte.

»Ihre Frau war sicher erschrocken, als sie Sie so gesehen hat, oder?«

Auer winkte ab. »Ich habe ihr gesagt, ich hätte einen kleinen Unfall gehabt.«

»Und das hat sie Ihnen abgenommen?«

Auer zuckte mit den Achseln. »War was Besonderes?«

Er begann seine Post zu öffnen.

»Nein, eigentlich nicht. Wir haben recht guten Umsatz gemacht, trotz der Stunde Verspätung heute Morgen.«

Eva setzte sich an einen kleinen Tisch, der im rechten Winkel zu Auers Schreibtisch stand, und an dem die Abrechnungen gemacht wurden. Sie zählte das Geld und die Kreditkartenabrechnungen, verglich die Summe mit dem Endkassenbon, hatte 22 Cent übrig, die sie in ein leeres Joghurtglas füllte, dann sortierte sie die Münzen und die Scheine, legte sie ordentlich in eine kleine Kassette, die sie verplombte. Dann drehte sie sich zu Auer um.

Der hielt den Brief in der Hand und war noch blasser, als am Vormittag.

»Ist was?«, fragte sie.

Auer schluckte und schüttelte den Kopf. »Nein, es war nur ein anstrengender Tag heute.«

Zwanzigstes Kapitel

Am nächsten Nachmittag begab sich Eva zu Frau Neumann. Sie hatte kurz angerufen und ihren Besuch angekündigt. Frau Neumann trug heute wieder den schwarzen Turban, dazu ein schwarzes Kleid. Sie sah ein wenig besser aus als noch vor wenigen Tagen.

»Wie geht es Ihnen?«, fragte Eva und folgte Frau Neumann ins Wohnzimmer.

»Schon besser. Aber isch denk Tach un Nacht an mein Günther. Manchmal glaab isch, des isch ihn uff de Gass' sehen tät. Und wenn ich in meiner Stubb bin, höre isch seine Stimm' aus dem annern Zimmer, aber meine Lebensberaterin sacht, des wär völlisch in Ordnung.

»Ihre was?«

Frau Neumann reckte die Schultern, neigte den Kopf ein ganz kleines bisschen und wiederholte beinahe trotzig: »Meine Lebensberaterin.«

»Aha! Und was macht eine Lebensberaterin?«, wollte Eva wissen, die sich darunter nichts Konkretes vorstellen konnte.

»Naja, eischentlisch ist sie mein ›Personal-Life-Coach‹, aber ich mag des neumodisch englisch Gebabbel net.«

»Ich kann ja verstehen, dass der Verlust Ihres Mannes sehr schwer zu ertragen ist, aber kann Ihnen denn da Ihre Lebensberaterin wirklich helfen?«

Frau Neumann begann zu schluchzen. »Ach, sie hat mir sehr geholfe über mein tragische Verlust. Sie hat mir beigebracht, wie isch mit meim Günther im Himmel schwätze kann.«

»Tatsächlich?«

»Ei, mir habbe sogar schon zusamme mit ihm gesproche.«

»Augenblick. Sie haben mit Ihrem Mann gesprochen? So richtig, meine ich? Sie haben seine Stimme gehört?«

»Naja, ganz so aafach geht das net. Aber des Summen, des hab isch ganz deutlisch gehört. Und die Lebensberaterin, die das ja schon ganz lange macht, hat mir des Summen übersetzt.«

Eva beugte sich ein wenig nach vorn. Frau Neumann war ihr immer wie eine Frau erschienen, die mit beiden Beinen fest auf dem Boden stand. Sie war ein bisschen abergläubig und las jeden Tag ihr Horoskop, aber ansonsten hatte Eva bei ihr bisher keine esoterischen Einschläge bemerkt. »Und was hat die Lebensberaterin übersetzt?«

»Ach, wenn ich nur daran denk, da muss ich gleich wieder afange zu flenne. Stelle Se sisch vor, Frau Sandmann, mein Günther hat erzählt, wie sehr ihm die Liebesriggl fehle dun. Nur mir zuliebe hat der die gegesse. Eischentlisch habe die ihm gar net geschmeckt. Aber für sein ahl Weib hat er die Qual uff sich genomme.« Sie schluchzte, schneuzte herzhaft und tupfte sich dann geziert die Augenwinkel trocken.

»So eine tiefe Liebe, wie zwischen dem Günther und mir, das gibt es heutzutage gar nicht mehr.« Frau Neumann hob ihren Zeigefinger, vor lauter Erfurcht hatte sie hochdeutsch gesprochen, aber jetzt fing sie sich wieder. »Des hat die Anida, die Lebensberaterin, gesaacht.«

»Aha.« Eva kam aus dem Staunen überhaupt nicht mehr heraus. »Und was hat sie sonst noch so gesagt?«

»Des ich unsere große Liebe net mit Ausspioniererei beschmutzen soll.«

»Und das heißt genau?«

»Ei, Frau Sandmann, könnense sich des net denke? Isch brauche Ihre Dienste nun net mehr. Die Anida hat gesacht, am Ende würde Sie mit Ihre Erkenntnis noch ein falsches Bild von meim Günther zeische. Ich soll ihn lieber als meine große Liebe in Erinnerung behalten.«

»Und der Günther hat das auch gesagt? Ich meine, gesummt?«

»Ja, des hat er wohl. Die Anida hats gesacht. Die is so patent, die Anida. Isch könnt immer zu ihr komme, nicht nur die üblichen zweimal pro Woche. Immer, wenn ich Sehnsucht nach dem Günther hab.«

»Das kann ich mir vorstellen«, erwiderte Eva trocken. »Und wahrscheinlich ist so ein Ferngespräch mit dem Günther teurer als ein Anruf nach Australien, oder?«

»Pfft!« Frau Neumann schürzte die Lippen. »Als wenn es bei der Liebe um Geld geht!«

Sie stand auf, kramte im Schreibtisch herum, knallte Eva einen 100-Euro-Schein auf den Tisch. »Das ist für Ihre Mühe, meine Liebe. Ich brauche Sie jetzt nicht mehr.«

Eva nickte. Sie hatte damit gerechnet, dass Frau Neumann ihr heute den Abschied gab. Aber sie wusste auch, dass sie weiter ermitteln würde. Zuviel war mittlerweile passiert.

»Eine Frage zum Abschied habe ich noch, Frau Neumann.«

»Wenn es denn sein muss. Doch des aane sach ich Ihne: So eine tiefe Liebe wie bei dem Günther und mir, des kennt ihr junge Leut heut gar net mehr. Und des lass ich mir net kaputt mache. Von keinem.«

»Wissen Sie etwas über die Umschläge, die ihr Günther immer mittwochs im Café Wiesehöfer bekommen hat?«

»Umschläch? Was denn für Umschläch?«

»Das weiß ich leider nicht, aber es könnte wichtig sein.«

»Ach, was. Da gab es kaa Umschläch. Vergesse Sie des mal gleisch wieder.«

Eva war inzwischen aufgestanden. Frau Neumann trat jetzt dicht, viel zu dicht, vor sie, blickte ihr in die Augen und wiederholte: »Des mit dene Umschläch, des vergesse Sie besser ganz schnell. Un wenn isch hör, das Sie da weitermache, dann gehe ich zu meim Anwalt. Schließlich habe Sie unnerschriem, dass Sie net über mich und mein Günther spreche werde.«

Eva nickte, wünschte Frau Neumann alles Gute und verabschiedete sich. In der Bäckerei Wiesehöfer saßen von der lustigen Männerrunde nur noch zwei Herren vor ihrem Cappucchino. »Ei, wissen Sie was? Den Lothar hat es auch erwischt. Herzinfarkt. Der liegt sogar auf der Intensivstation.«

»Wirklich?« Eva hatte keine Ahnung, wer von den Herren Lothar gewesen war.

»Ich verstehe das ehrlich gesagt nicht. Der Lothar, der hat nicht geraucht und getrunken, ja, der hat ja nicht mal Kuchen gegessen. Und nun ausgerechnet er.«

»Ja. Das Leben ist ungerecht. Es erwischt immer die Falschen«, erwiderte Eva und ließ sich zwei Kreppel mit Zuckerguss einpacken. Sie brauchte jetzt dringend Nervennahrung.

»Ich kann einfach nicht glauben, dass du einen Unfall hattest, Konrad.«

Lena saß auf der Kante ihres Bettes und knüllte ein Papiertaschentuch in den Händen. Sie hatte geweint, ihre Augen waren rot und verschwollen.

Konrad, der gerade nach Hause gekommen war, hatte nach Frau und Kindern gerufen, doch niemand hatte geantwortet. Und dann hatte er Lena im Schlafzimmer gefunden, bei herunter gelassenen Jalousien.

»Hast du Kopfschmerzen? Wo sind denn die Kinder?«, hatte er gefragt. Und Lena hatte sich aufgerichtet, hockte jetzt auf der Bettkante, und Konrad hatte noch nie so viele Fältchen wie jetzt um ihre Augen gesehen.

»Die Kinder sind bei meinen Eltern. Sie schlafen auch dort.«

»Warum das denn?« Konrad setzte sich neben seine Frau, strich ihr sanft über die blasse Wange.

Lena seufzte zum Gotterbarmen, dann blickte sie Konrad direkt in die Augen. »Sag es«, forderte sie. »Sag es, dann haben wir es hinter uns.«

»Was soll ich sagen?«

»Wer sie ist. Und wie es mit uns weitergehen soll.«

»Wie, wer ist sie? Was meinst du?«

Wieder holte Lena tief Luft, als müsse sie mit dem Atem auch Kraft tanken. »Die Frau, mit der du mich betrügst. Die Frau, wegen der du die Prügel bezogen hast. Wahrscheinlich hat euch ihr Ehemann erwischt.«

Konrad riss Mund und Augen auf. Einen Augenblick lang sah er aus wie ein Fisch auf dem Trockenen. Dann tippte er sich gegen die Stirn. »Du meinst, ich habe eine heimliche Geliebte? Und du glaubst, ihr Ehemann hätte uns in flagranti erwischt und hat mich deshalb verdroschen?« Konrad war so verblüfft, weil sie in den Monaten mit Sophie nie Verdacht geschöpft hatte, aber nun, da diese Romanze vorüber war, eifersüchtig wurde.

»Wie soll es denn sonst gewesen sein? Ich habe mir dein Auto angesehen. Da ist nichts. Nicht die allerkleinste Schramme.«

Jetzt lachte Konrad. Erst leise, dann immer lauter. Und Lena sah ihm entgeistert dabei zu. Schließlich holte sie aus und verpasste ihrem Mann eine Ohrfeige. »Es ist widerlich«, fuhr sie ihn an. »Nicht nur die Affäre, sondern dass du jetzt noch darüber lachst.« Ihre Augen schossen Blitze ab, aber Konrad nahm ihre Hand, küsste sie und sagte leise: »Ach, meine arme Lena. Es ist alles ganz anders als du denkst.«

»Wie ist es denn?«

»Ich bin überfallen worden. Zwei Männer haben mir ordentlich das Fell gegerbt.«

»Wirklich? Und wer war das? Und warum haben sie dich verprügelt?«

»Tja, das weiß ich nicht genau. Aber ich werde es herausfinden. Sie haben mich auf dem Parkplatz abgepasst und außerdem haben sie noch einen Brief geschrieben. Sie haben mir gedroht.«

Jetzt sprang Lena auf. »Aber Konrad, das ist ja ganz furchtbar! Und du weißt wirklich nicht, wer das war?«

Konrad schüttelte den Kopf. »Nein. Und das macht mir ehrlich gesagt große Sorgen.«

»Hängt es mit dem Supermarkt zusammen? Denn wenn das so ist, dann bist du vielleicht gar nicht gemeint. Vielleicht waren deine Angestellten zu frech. Diese Eva Sandmann zum Beispiel. Ist sie nicht Privatdetektivin? Wer weiß, in welches Wespennest sie gestochen hat. Und du musst das jetzt ausbaden.«

Lena hockte vor ihrem Mann, die Hände auf seinen Knien. Und Konrad betrachtete sie mit ganz ungewohnter Zärtlichkeit. Er strich ihr sanft über die Wange. »Nein, Schatz. Ich glaube, so einfach ist die Sache nicht.«

»Du hast doch niemandem etwas getan, oder?« Lena hatte ihm nicht zugehört. »Das kann nur ein Irrtum gewesen sein.«

»Naja, ein guter Mensch bin ich nicht gerade. Ich habe Dinge getan, die anderen Schaden zufügen.«

Lena krauste die Stirn. »Was meinst du damit?«

Konrad seufzte. »Die Sache mit dem Haus in der Spessartstraße. Und nun das neue Haus auf der Berger Straße. Unser Lebensstandard. Marie-Thereses Internat in der Schweiz. Das Geld liegt nicht auf der Straße, Lena.«

»Was willst du damit sagen?«

Konrad seufzte. Er wusste genau, dass Lena nicht wirklich hören wollte, wie er das viele Geld verdiente. Aber dieses Mal wollte er sie nicht schonen.«

»Karpinski wird nicht mehr für uns arbeiten. Er ist ausgestiegen.«

»Wieso? Du hast ihn doch anständig bezahlt.«

Konrad zuckte mit den Achseln. »Jemand hat sich bei seinem Vorgesetzten beschwert. Dabei ist rausgekommen, dass er hin und wieder Gefälligkeitsgutachten erstellt hat. Man hat ihm die Zulassung weggenommen und ihn rausgeworfen. Fristlos.«

»Aber das ist doch nicht deine Schuld. Schließlich hast du ihn ja zu nichts dazu gezwungen.« Lena küsste ihren Mann vorsichtig auf den Mund, aber Konrad schob sie weg. »Hast du nicht manchmal das Gefühl, dass der Preis für unseren Reichtum verdammt hoch ist?«

Lena erschrak, nahm die Hände von ihm. »Was redest du denn da?«

»Früher einmal, da wollte ich zwar kein guter Mensch sein, aber mein Leben war auf seine Weise ein gutes, anständiges Leben. Meine Arbeit hat mir Spaß gemacht, ich hatte Freunde mit denselben Interessen.«

»Aber die hast du doch jetzt auch! Julia und Fabian zum Beispiel.«

Konrad schüttelte den Kopf. »Unsere Freunde sind keine Freunde. Wir sind Konkurrenten. Und jedes unserer Treffen ist ein Leistungsvergleich. Wer fährt das größere Auto? Welches Kind geht auf die bessere Schule? Wer trägt die teureren Klamotten? Wer unternimmt die weiteste Urlaubsreise? Hast du es noch nicht bemerkt, Lena? Es geht immer nur ums Geld.«

Lena warf ihre Haare zurück. »Natürlich. Das ist doch ganz normal. Je mehr Geld man hat, umso besser ist man angesehen. Wenn du reich bist, ist es egal, ob du dein Studium geschafft hast oder nicht. Wenn du Geld hast, ist es sogar egal, aus welcher Familie du kommst. Geld bedeutet Erfolg. Wer möchte denn schon gern ein Loser sein?«

Plötzlich betrachtete Konrad seine Frau mit verwundertem Blick. »Du meinst das wirklich, nicht wahr? Du glaubst an das, was du sagst.«

Lena nickte.

Da zog Konrad sie aufs Bett, legte den Arm um sie und drückte sie an sich. »Ich hatte nicht gewusst, dass es dir so viel ausgemacht hat, dein Studium wegen der Kinder aufzugeben. Es tut mir leid, Lena. Ich habe es wirklich nicht gewusst.«

Und jetzt begann Lena zu weinen. Sie presste das Gesicht gegen Konrads Brust und brachte stoßweise, nur unterbrochen vom Schluchzen, hervor: »Wenn ich meinen Eltern und meiner Schwester erzähle, dass Marie-Therese auf ein Schweizer Internat gehen wird, dann sagt mein Vater: »Das hätten wir uns niemals leisten können.« Und dann bin ich stolz, weil wir es uns eben leisten können. Und wenn ich meinen Freundinnen von der Schweiz erzähle, dann sehe ich Neid in ihren Augen. Und dann fühlt es sich so an, als ob ich es doch geschafft hätte. So als ob mein Leben auch ohne Studienabschluss erfolgreich wäre. Früher habe ich nur in den Billiggeschäften geshoppt. Und wenn ich nur mal zum Gucken in die teuren Läden auf der Goethestraße war, dann haben mich die Verkäuferin behandelt, als hätte ich Wanzen. Jetzt bieten sie mir ein Glas Sekt an, wenn ich komme.«

»Ich weiß, Liebes, ich weiß«, flüsterte Konrad und drückte seine Frau, die ihm vorkam wie ein Kind im böselnden Windhaus, noch fester an sich. Nein, er würde ihr gewiss nicht die

Wahrheit über den Überfall erzählen, obwohl er sich mit ganzem Herzen danach sehnte, sein Leid mit jemandem zu teilen. Doch er wusste genau, was Lena meinte. Er war doch nicht viel anders. Alle sehnten sich nach Anerkennung. Alle wollten doch einfach nur geliebt werden. Und also zeigte Konrad seiner Frau, wie sehr er sie liebte.

Später saßen sie aneinander gekuschelt auf der Wohnzimmercouch und tranken Rotwein. Konrad hatte sich Lena noch nie so nahe gefühlt wie in diesem Augenblick. Nein, sie war nicht die versnobte Tussi, für die manche sie hielten und sie war auch nicht so, wie einige ihrer Freundinnen, von denen Konrad glaubte, dass sie anstelle eines Herzens eine Kreditkarte hätten. Seine Lena war anders. Sie tat nur so als ob. In Wirklichkeit war sie ein Mädchen. Sein Mädchen von vor 15 Jahren. Sie hatten es nur beide vergessen.

»Hattest du eigentlich schon den Termin mit Fabians Banker?«, fragte sie etwas später, und Konrad konnte regelrecht sehen, wie sich die Nähe zwischen ihnen auflöste und wie ein Gespenst davon schwebte.

»Nein, hatte ich nicht. Ich traue weder Fabian noch seiner Bank.«

»Wieso nicht? Er hat doch so von diesen Krediten geschwärmt.«

»Ja. Aber wie soll ich denn zu Beginn eines Geschäftes so hohe Raten bezahlen? Die Sache muss doch erst richtig anlaufen. Außerdem sind wir mit den anderen beiden Krediten am Limit.«

»Und was ist mit dem Neumann-Haus? Das wolltest du doch dazu kaufen. Dafür wolltest du doch den Kredit, oder nicht?«

»Frau Neumann ist noch viel zu sehr in Trauer, um eine Entscheidung zu treffen. Das hat sie mir selbst gesagt. Und die beiden anderen Kredite laufen ja über die Sparkasse. Einer geht vom Geschäftskonto des Supermarktes ab und bedient die Raten für das *Vollkorn*. Und der andere geht von unserem Privatkonto ab. Ich zahle jeden Monat für das Haus in der Spessartstraße eine immense Summe. Noch mehr, Lena, schaffe ich einfach nicht. Verstehst du? Ich bin am Limit. Noch mehr arbeiten kann ich einfach nicht.«

»Und wie haben wir das bisher geschafft?«

Konrad lachte bitter. »Sex sells«, erwiderte er. »Die älteste Verkaufsregel der Welt.«

Einundzwanzigstes Kapitel

Von der Bäckerei ging Eva Sandmann direkt noch einmal ins *Vollkorn.*

»Hast du was vergessen?«, wollte Frau Gundermann wissen.

»Ja. Nein. Ach, ich wollte einfach nur auch mal so einen Riegel probieren.« Eva nahm drei Stück aus dem Korb und legte sie auf Frau Gundermanns Kassenband.

»Sieht aus, als hättest du heute Abend noch etwas vor.« Frau Gundermann zwinkerte Eva zu.

»Das habe ich auch. Aber nicht nur das, was du denkst.«

Eva bezahlte und rief auf dem Heimweg über das Handy Gernot an. »Du, ich brauche dich«, sagte sie.

»Ach ja?« Gernot klang wirklich beleidigt, und erst jetzt fiel Eva ihr Streit ein.

»Naja, ich wollte mich auch entschuldigen. Immerhin bist du ein Mann über 50, der einen anstrengenden Job und ein anstrengendes Leben führt. Ich hätte netter und verständnisvoller sein müssen.«

»Ja, das hättest du wirklich.« Er klang noch immer ein wenig sauer, und Eva hätte ihm am liebsten den Hörer aufgeknallt, denn sie war ganz und gar nicht der Meinung, dass Gernot ihr Verständnis brauchte. Aber heute brauchte sie ihn. Und deshalb sprach sie weiter: »Ich will es wieder gut machen. Hast du heute Abend Zeit für mich? Ich würde dich auch so richtig verwöhnen.«

»Na gut. Du hast Glück, dass ich heute Abend noch nichts vorhabe. Sandra ist bei ihrem Weight-Watchers-Treffen, und das dauert, weil die Damen hinterher jedes einzelne verlorene Kilo extra betrinken müssen. Ich bin um 18 Uhr bei dir.«

»Ich freue mich.« Eva lächelte und steckte das Handy weg.

Pünktlich war Gernot da. Er war so voller Vorfreude, dass er sie gleich ins Schlafzimmer zog. Eva hatte kaum Zeit, ihn mit dem Liebesriegel zu füttern. Hinterher lag er entspannt neben ihr, und Eva gurrte: »Das war toll, Gernot. Einfach richtig gut.« Und Gernot grinste und blickte liebevoll auf seine Leibesmitte hinab, die so gut funktioniert hatte wie noch vor zwanzig Jahren.

»Meinst du, es liegt an dem Riegel?« Eva nahm die leere Verpackung vom Nachttisch und tat, als lese sie die Zutatenliste. »Unsere Kunden schwärmen jedenfalls davon.«

»Ach, wo her denn!« Gernot nahm ihr die Verpackung aus der Hand und las selbst, was auf der Rückseite stand. »Das hat mit dem Riegel gar nichts zu tun. Hier drin sind nur Sachen, die keinen Einfluss auf die Potenz haben. Schließlich ist das ja kein Viagra.«

»Bist du sicher? Und warum sind die Kunden dann alle so begeistert?«

»An den Zutaten liegt es jedenfalls nicht. Ich tippe eher auf eine Placebowirkung.«

»Und das Atropin?«

Gernot, der als Lebensmittelchemiker im Forschungslabor eines Arzneimittelherstellers angestellt war, schüttelte den Kopf. »Eine minimale Erweiterung der Blutgefäße. Mehr nicht. Alles ganz harmlos. Diesen Riegel könntest du jedem Baby vorsetzen.«

»Ich weiß nicht genau«, erwiderte Eva. »Dass du so einen Riegel nicht brauchst, hast du ja gerade bewiesen. Aber wie wirkt das Atropin bei älteren Männern?«

»Auch nicht anders.« Gernot räkelte sich genüsslich und verschränkte die Arme unter dem Kopf.

»Sag mal, würdest du mir einen Gefallen tun?«, fragte Eva und strich leicht über Gernots Oberschenkel.

»Wenn du so weitermachst, jeden.«

»Könntest du einen Riegel im Labor untersuchen?«

»Warum das denn?« Gernot hob den Kopf.

»Naja, ich möchte einfach nur sicher gehen, dass wirklich nur das enthalten ist, was auf der Zutatenliste steht.«

»Und warum zweifelst du daran?«

»Weil in der letzten Zeit viel zu viel passiert ist.«

Am nächsten Morgen erwachte Eva kurz vor dem Weckerklingeln und stellte als erstes fest, dass Gernot den Riegel, den Eva untersuchen lassen wollte, auf dem Nachttisch liegen gelassen hatte. Dafür schnurrte ihr Handy und zeigte eine neue SMS: »War schön gestern. Wie wäre es heute noch einmal? Sandra ist zu ihren Eltern gefahren. Hast du noch einen Riegel für mich? Hdl Gernot.«

Sie lächelte, dann holte sie den vergessenen Riegel aus der Verpackung, betrachtete ihn von allen Seiten und murmelte: »Jetzt möchte ich aber wirklich wissen, was an dem Ding dran ist. Sogar Gernot mag ihn.« Dann biss sie ein großes Stück davon ab. Er schmeckte süß, ein wenig cremig, hatte aber einen leicht bitteren Nachgeschmack, so ähnlich wie eine Grapefruit, und schmeckte daher nicht zu süß. »Lecker«, murmelte Eva vor sich hin. »Hätte ich nicht gedacht.« Dann stand sie auf, duschte, frühstückte, und begab sich in den Supermarkt *Vollkorn*, denn sie hatte Frühdienst.

Eva wunderte sich nicht, dass Konrad Auers SUV nicht hinten auf dem Parkplatz, sondern direkt vor dem *Vollkorn* parkte. Was sie aber wunderte, war der rote Schriftzug, der sich quer über das gesamte Schaufenster zog: »Geld stinkt doch!«

Eva schloss auf, fand Auer im Büro. Der zitterte am ganzen Körper. »Was ist denn das nun wieder?«, wollte Eva wissen.

»Wischen Sie es weg. Wischen Sie es einfach nur weg. Aber schnell, ehe ganz Bornheim es liest.«

Eva nahm sich einen Eimer heißes Wasser, ein Reinigungsmittel und verließ den Supermarkt. Vor der Tür standen schon Erika vom Café Wiesehöfer und der Buchhändler Aldo. Der hatte sein Handy aus der Tasche gezogen und knipste fröhlich drauf los. »Sag mal, Eva, weißt du, wer das war?«, fragte er. »Und wenn, kannst du denjenigen mal fragen, ob er an meinen Laden über Nacht auch so etwas sprühen kann. Ich würde das nämlich stehen lassen. Eine bessere Werbung kannst du gar nicht kriegen.« Er kicherte und machte noch ein Selfie von sich und dem Schriftzug. »Das stelle ich auf meine Facebookseite. Das wird *der* Knaller, glaub mir.«

Eva beeilte sich, den Schriftzug zu entfernen. Zum Glück hatten die Sprayer keine Lackfarbe genommen. Nach einer Viertelstunde war sie fertig, dafür zierten rote Flecken, die aussahen wie Blut, ihr weißes T-Shirt. Auer zitterte noch immer, als Eva den Eimer ins Spülbecken goss.

»Was ist los, Herr Auer?«, fragte sie und stellte sich mit verschränkten Armen vor seinen Schreibtisch. »Meinen Sie nicht, es wäre Zeit, mir alles zu erzählen?«

»Was soll ich denn erzählen?«

»Na, zum Beispiel, wer sie überfallen hat, wer den Brief geschrieben und wer den Schriftzug am Laden fabriziert hat. Herr Auer, es geht hier nicht mehr nur um Sie. Wir alle fühlen uns mittlerweile bedroht. Verstehen Sie Herr Auer, wir haben Angst. Und Sie haben die Wahl: Entweder, Sie erzählen mir alles, was Sie wissen oder ich kümmere mich darum.

»Nein, keine Polizei!«

»Gut, dann reden Sie.«

Eva setzte sich auf den Stuhl vor seinem Schreibtisch und sah ihn auffordernd an. Im selben Augenblick klopfte es an der Hintertür. Sofort sprang Auer auf: »Gehen Sie schon mal in den Laden und füllen Sie das Obst und Gemüse auf. Ich habe hier nur noch schnell was zu erledigen. Dann reden wir.«

Eva nickte, verließ das Büro, doch sie ließ die Tür einen Spaltbreit offen. Sie hörte, wie Auer die Hintertür öffnete. Eine Männerstimme fragte: »Und? Hast du alles?«

»Ja. Und was hast du mir mitgebracht?«

»Geld. Was sonst? Ich bin nämlich keiner, der einen Kumpel betrügt. Ich nicht.«

»Ist ja gut. Schläger sind nicht meine Kumpel. Wie viele Kisten nimmst du heute mit?«

»Nur zwei.«

»Wir hatten drei abgemacht.« Konrad Auers Stimme klang ein wenig quengelig.

»Ja. Aber das Geschäft stagniert. Das ist deine eigene Schuld. Hättest du pünktlich geliefert, wäre das alles nicht passiert.«

»Ich wollte aussteigen. Das will ich immer noch.«

»Zu spät, mein Freund, zu spät. Mitgehangen, mitgefangen.«

»Und warum nimmst du mir dann nicht drei Kisten ab? So wie immer?« Auers Stimme klang noch immer so quengelig wie bei einem Kleinkind, und Eva hatte den Eindruck, dass es die Angst war, die seine Stimme so piepsig machte.

»Seit Neumann tot ist, schlage ich bei der Sportgemeinde nicht mehr soviel los. Der Neumann, der hat seine Sache gut gemacht. Der geborene Verkäufer. Gib mir noch zwanzig aus dem dritten Karton. Und dann siehe zu, dass du neue Kunden heran schaffst. Du weißt ja: Das Geld will verdient werden.«

»Ja, ja. Ich kümmere mich darum. Und jetzt nimm die Kisten mit. Die dritte ist sowieso noch nicht fertig. Ich warte auf die neue Lieferung. Die zwanzig zusätzlichen Riegel musst du in einer Tüte nehmen.«

Eva hörte Geraschel, dann Männergestöhne, dann das Öffnen der Hintertür.

»Bis nächste Woche dann.«

»Bis nächste Woche.«

Die Hintertür fiel ins Schloss, und Eva machte, dass sie in den Laden kam. Sie wartete eigentlich nicht darauf, dass Konrad Auer sie zu sich rief, um ihr unterbrochenes Gespräch fortzuführen, doch sie hatte beschlossen, dass sie ihn, wenn nötig, bis in den letzten Winkel des Ladens verfolgen würde, denn schließlich ging es hier nicht nur um ihn. Sie hatte keine Angst. Aber ein wenig unbehaglich war ihr schon. So wie immer, wenn sich etwas anbahnte, und sie nicht wusste, aus welcher Richtung die Gefahr drohte.

In ihrer ersten Pause, Konrad Auer lieferte gerade ein paar Bestellungen an die umliegenden Altenheime aus, schlich Eva ins Büro. Sie hatte am Morgen gesehen, dass drei Kisten hinter der Tür gestanden hatten. Jetzt waren diese Kisten weg. Das heißt, zwei davon waren weg, die dritte war offen, und darin lagen die Riegel *Love & 6*. Eva wunderte sich. Es war kein Geheimnis, dass das *Vollkorn* die Riegel an alle und jeden lieferte. Warum also hatte Konrad Auer sie in den Laden geschickt? Hatte er den Abholer vor ihr verbergen wollen? Oder waren diese Riegel hier anders als die, die im Laden verkauft wurden? Eva nahm sich einen *Love & 6*, las sich die Zutatenliste durch, roch daran, doch sie konnte nichts Ungewöhnliches feststellen. Diese Riegel hier sahen ebenso aus wie die, die sie im Laden verkauften. Da fiel ihr Gernot ein. Eva nahm drei Riegel aus der Kiste, ließ sich von

Frau Gundermann abkassieren und setzte sich wieder hinter ihre Kasse.

Im Laden war es heute erstaunlich ruhig. Gegen Mittag kamen die beiden Männer, die Eva aus dem Café Wiesehöfer kannte. Der eine fragte sie nach dem Geschäftsführer, doch Auer war noch immer unterwegs. »Ei, können wir auch bei Ihnen die Riegel kaufen?«, fragte der jüngere der beiden Männer, ein gut gekleideter Best-Ager mit schlohweisem Haar.

»Natürlich.« Eva zeigte auf den großen Korb, der in der Nähe der Kasse stand. »Nehmen Sie, soviel Sie wollen.«

Der Ältere kicherte. »Sie wollen uns wohl umbringen?« Eva lächelte zurück. »Sie doch nicht. Dazu braucht es sicher mehr als einen Liebesriegel.«

»Ja. Aber sind das auch die Besonderen?« Der Jüngere sah sich skeptisch im Laden um und senkte seine Stimme. »Sie wissen schon, die mit dem gewissen Zusatz.«

»Atropin. Ja. Das sind die richtigen.«

»Und kosten?«

»5,99 Euro.«

»So günstig?« Der Jüngere schüttelte ungläubig den Kopf.

»Na, als günstig würde ich das nicht gerade bezeichnen«, erwiderte Eva. »Aber wenn man die Qualität der Zutaten bedenkt, dann ist er seinen Preis allemal wert. Keine schlechten Zucker, keine leeren Kohlenhydrate, keine Geschmacks- und Konservierungsstoffe.«

Die beiden Männer blickten sich an. Dann griff der Jüngere in den Korb, holte ein halbes Dutzend davon heraus und bezahlte. Der Ältere zögerte noch ein wenig. »Meinst du, da ist die richtige Dosis drin?«, fragte er den Jüngeren.

»Nein, glaube ich nicht. Das hier sind die normalen. Aber ich möchte mal probieren, ob es auch so schon langt, verstehst du? Würde eine Menge Geld sparen.«

Nach dieser Ansage schnappte sich auch der Ältere fünf Riegel, bezahlte, und dann verließen die beiden Herren das Geschäft mit einem Gesichtsausdruck, als hätten sie das Schnäppchen ihres Lebens gemacht. Verwundert blickte Eva ihnen nach. »Hast du das gesehen und gehört?«, fragte sie Frau Gundermann. »Ganz Bornheim ist so verrückt nach dem Riegel, dass man glauben könnte, es wäre Marihuana darin.«

Frau Gundermann kicherte. »Wer weiß das schon?«, fragte sie. »Dem Meinen hat der, den ich ihm mitgebracht hat, nicht geschmeckt. Und gebracht hat er auch nichts. Aber ein paar Tage später kam er selbst mit diesem Ding nach Hause. Hätte er von Herrn Neumann bekommen, hat er gesagt. Und anschließend ging bei uns die Post ab.«

»Bitte keine Details.« Eva verzog den Mund. Sie war bei Gott nicht prüde, aber sie konnte es nicht ausstehen, wenn die Leute so einfach und gänzlich ohne Scham über die intimsten Dinge plauderten. Das muss an Facebook liegen, hatte sie sich selbst erklärt. Seit dem es dieses Netz gab, war einfach alles öffentlich.

Zweiundzwanzigstes Kapitel

Eigentlich hatte Eva sich heute bei Gabriel melden wollen. Das Wochenende stand vor der Tür, und sie hatte Lust, bei dem herrlichen Wetter ein bisschen rauszufahren und wandern zu gehen. Aber sie wollte auch Gernot nicht schon wieder vergraulen. Nach dem, was sie im Laden erlebt hatte, musste sie noch dringender als zuvor wissen, was in den Riegeln enthalten war. Und das konnte nur er herausfinden.

Sie packte die Einkäufe für das Wochenende im Personalraum aus dem Einkaufswagen in ihren Fahrradkorb, als Konrad Auer herein geschlendert kam, und sich einen Kaffee nahm. Er trug noch immer die Sonnenbrille, obgleich der Personalraum eher düster war.

»Wir waren noch nicht fertig«, erklärte Eva und deutete auf einen Stuhl, setzte sich gegenüber. »Sie haben die Wahl: Entweder die Polizei oder Sie erzählen mir, was los ist.«

Auer seufzte, setzte sich, nahm sogar die Sonnenbrille ab, und Eva bewunderte das Veilchen, das in allen Farben leuchtete. »Was wollen Sie denen denn erzählen? Und was für Beweise haben Sie für Ihre Behauptungen?«

»Nicht viele. Aber jede Menge Ahnungen. Herr Auer, Sie kennen mich lange genug. Sie wissen, dass ich nicht locker lasse, wenn ich einmal auf einer Fährte bin.«

Auer seufzte. »Vielleicht haben Sie recht. Ich weiß bloß nicht, wo ich anfangen soll.«

»Gut, wenn Sie es nicht können oder wollen, dann tue ich es.« Eva hatte während des gesamten Vormittags an der Kasse über die Geschehnisse nachgedacht. Sie war zwar zu keinem endgültigen Ergebnis gekommen, doch sie war sich sicher, dass sich ihre Gedanken in die richtige Richtung bewegten.

»Sie hatten eine Affäre mit Sophie. Am Anfang war alles ganz wunderbar, aber irgendwann haben Sie mit ihr Schluss gemacht. Sie hat die Trennung schlecht verkraftet. Das konnte man allein schon daran sehen, dass sie täglich ins *Vollkorn* kam. Richtig?«

Auer seufzte. »Richtig und falsch zugleich. Ich wollte gar keine Affäre mit ihr haben. Sie hat mir am Anfang nur so leid getan.«

»Wo haben Sie sich eigentlich kennengelernt? Hier im Laden?«

Auer schüttelte den Kopf. »Der Ortsvorstand des Gewerbevereins hatte zu einer öffentlichen Veranstaltung in eine Apfelweinschänke eingeladen. »Die Zukunft unseres Stadtviertels« hieß sie. Es ging dabei auch um die Gentrifizierung Bornheims und natürlich um den Erhalt der alteingesessenen Geschäfte. Sophie war auch da. Zufällig saßen wir nebeneinander. Sie ist mir gleich aufgefallen. Ihre Schüchternheit, ihre Unsicherheit – ich hatte das Gefühl, sie beschützen zu müssen. Beim anschließenden Schoppen bemerkte ich, dass ein Immobilienmakler sie regelrecht bedrängte. Ich gesellte mich zu ihnen und erfuhr, dass Sophie das Haus in der Spessartstraße besaß und gemeinsam mit ihrem Bruder verkaufen wollte. Natürlich merkte ich auch sofort, dass der Immobilienmakler sie gnadenlos über den Tisch ziehen wollte, und …«

»… und da haben Sie sich gedacht: Was der kann, kann ich auch.«

»Wie Sie das wieder ausdrücken!« Auer schüttelte empört den Kopf. »Man könnte glatt denken, ich hätte es nur darauf angelegt.«

»Haben Sie das etwa nicht?«

Auer fuchtelte mit einer Hand in der Luft herum, dann deutete er mit dem Zeigefinger auf Eva: »Nein, habe ich nicht. Ich habe Sophie gemocht. Wirklich gemocht. Sie war so unschuldig und arglos, dass ich wirklich manchmal Angst um sie hatte.«

»Und trotzdem haben Sie mit ihr Schluss gemacht.«

Auer senkte den Blick, drehte seine Kaffeetasse hin und her. »Ich konnte ihr nicht das geben, was sie gebraucht hat. Ich hätte mich entscheiden müssen zwischen Lena, den Kindern und ihr. Und das konnte und wollte ich nicht. Sophie hätte einen Partner gebraucht. Einen, der für sie da ist. Und nicht einen, der nur zweimal die Woche ein paar Stunden mit ihr verbringt.«

»So wie Sie das jetzt sagen, klingt es richtig edel und heldenmütig.«

Auer seufzte. »Ich war verliebt in sie. Ich hätte sie lieben können. Und es ist mir egal, ob Sie mir das glauben oder nicht. Aber ich hätte mich entscheiden müssen. Und das wollte ich nicht.«

»Ich glaub's Ihnen ja.« Und das tat Eva tatsächlich. Auer mochte ein Schlitzohr sein, aber er war nicht gemein.

»Und dann? Wie ging es weiter?«

»Gar nicht«, fuhr Auer fort. »Ich trennte mich, wollte ihr aber zuvor noch das Haus abkaufen. Sie sollte sorgenfrei leben können. Sie sollte ihre Träume verwirklichen und sich ohne Geldsorgen ihrem Studium widmen können.«

»Jetzt nehme ich Ihnen den Heldenmut nicht mehr ab.«

»Natürlich habe ich dabei auch an mich gedacht. Und an Lena und die Kinder. Aber dann wollte Sophie mir das Haus nur verkaufen, wenn ich mich ganz und gar und öffentlich zu ihr bekenne. Da ging bei mir dann nichts mehr. Sie hat angefangen, mich zu stalken. Sie lauerte mir morgens auf dem Parkplatz auf, kam in den Laden, stand eines Abends sogar vor unserem Haus. Komisch, dass Ihnen das als Privatdetektivin nicht aufgefallen ist.«

Eva war selbst überrascht. »Das liegt wahrscheinlich daran, dass ich mich außerhalb meiner Arbeitszeit nicht ständig mit Ihnen beschäftige«, schnappte sie zurück. »Und dann? Wie ging es weiter?«

»Ich habe sie angerufen und ihr gesagt, dass sie damit aufhören soll.« Auer brach ab, und Eva konnte den Schmerz in seinen Augen deutlich sehen. »Und dann?«

»Den Rest kennen Sie. Sie kam in den Laden und starb.«

»Und da haben Sie es mit der Angst bekommen.«

»Ja. Ich dachte, sie hätte sich vielleicht vergiftet. Ich dachte, sie wollte vor meinen Augen Selbstmord begehen. Mit einem Aneurysma habe ich nicht gerechnet.« Er schüttelte den Kopf und schlug sich die Hände vor das Gesicht.

»Aber das Haus haben Sie dann doch noch gekauft, oder nicht?«

Auer schwieg eine Weile, seufzte immer wieder, und Eva wartete geduldig. Endlich sprach er weiter: »Ich dachte, nach allem, was ich durchgemacht habe, habe ich ein Recht auf das Haus. Ich wollte es niemand anderen überlassen. Verstehen Sie? Es war doch wie eine Art Erinnerung an Sophie.«

»Und was passierte dann?«

»Ich kaufte es, beziehungsweise: Milan verkaufte es mir. Und ich schrieb allen Mietern, dass ich nach der Sanierung die Einheiten in Eigentumswohnungen umwandeln werde.«

»Und dann?«

Wieder schwieg Auer. Sein Blick irrte durch den Raum.

»Wenn Sie mir nicht alles erzählen, Herr Auer, dann rufe ich die Polizei«, warnte ihn Eva.

»Im Haus gab es eine WG. Studenten. Politikwissenschaftler. Sophie hatte ihnen die oberste Etage vermietet. Zu einem Spottpreis.«

»Und die wehrten sich gegen die Kündigung?«

»Ja. Sie riefen sogar eine Organisation gegen Ausmietung ins Leben, verteilten Handzettel, machten eine Demo die Berger Straße entlang. Sie wollten mich erpressen!« Auer klang wie ein Kind, dem man die Sandburg zerstört hatte.

»Aber das haben Sie nicht zugelassen, oder?«

»Nein. Ich habe ihnen mit Zwangsräumung gedroht.

»Die Prügel haben Sie verdient, das steht fest.«

Auer blickte sie an. Seine Augen waren dunkel, leer und todmüde. »Ich kann nicht mehr, Frau Sandmann. Ich bin einfach nur noch leer und erschöpft. Mir ist, als zerre jeder an mir herum, als wolle jeder irgendetwas von mir, und ich habe eigentlich keine Ahnung, wofür das alles gut sein soll.«

»Was meinen Sie?«

»Das Geld, Frau Sandmann. Können Sie mir einen richtigen Grund dafür nennen, warum man mehr Geld haben muss, als man ausgeben kann?«

Eva verzog den Mund. »Nein, Herr Auer, das kann ich nicht. Mit diesem Luxusproblem musste ich mich bisher nicht herumschlagen.«

Mit diesen Worten verließ Eva das Büro. Sie fühlte sich sehr unwohl in ihrer Haut. Auer würde sie sicher bald entlassen müssen. Er würde es nicht ertragen können, sie, Eva, jeden Tag zu sehen und dabei zu wissen, dass sie ihn von einer Seite kannte, die bislang noch niemand aufgedeckt hatte. Sie waren sich zu nahe gekommen, als das sie noch gut als Chef und Angestellte funktionieren konnten. Aber vielleicht täuschte sie sich auch. Vielleicht hatte Konrad Auer doch mehr Größe und Anstand, als er in den letzten Monaten gezeigt hatte. Und wer von uns, dachte Eva, ist schon ohne Schuld? Sie erinnerte sich daran, wie sie Gernots Frau Sandra die harmlosen Fotos von Gernot vorgesetzt hatte. Und wie sie beteuert hatte, dass er gewiss keine Geliebte habe. Und sie erinnerte sich auch daran, wie tief sie Gabriel mit der Absage des Heiratsantrags verletzt hatte. Und das waren nur ihre Gräueltaten der letzten Wochen. Nein, sie war gewiss nicht besser als Konrad Auer. Anita fiel ihr ein, die Lebensberaterin, die vermutlich gerade Frau Neumann gnadenlos über den Tisch zog. Und sie dachte an Pascal aus der Sportgemeinde, der sich so schlecht um seine Athleten kümmerte. Jeder dachte zuerst an sich selbst, stellte Eva fest. Und zu gern hätte sie gewusst, wie das kam.

Dreiundzwanzigstes Kapitel

Am Abend kam Gernot. Er war bester Laune und wollte sie direkt wieder ins Schlafzimmer ziehen. Aber Eva war noch immer in nachdenklicher Stimmung. Das Gespräch mit Auer hatte ihr mehr zugesetzt, als sie gedacht hatte. Dachte wirklich jeder zuerst an sich selbst? Sie fragte Gernot danach.

»Natürlich«, antwortete er. »Das tun doch alle. Außerdem ist es gesund. Wer sollte denn sonst an uns denken, wenn nicht wir selbst?«

Ja, dachte Eva. Wer denkt sonst an uns? Wer denkt an mich, wenn nicht ich?

»Apropos gesund. Hast du an die Riegel gedacht? Ich hätte jetzt Appetit.«

Eva reichte ihm den *Love & 6*, und Gernot riss die Verpackung auf. »Willst du abbeißen?« Eva schüttelte den Kopf, versuchte dabei auch die Gedanken aus sich heraus zu schütteln und sich auf die Liebe einzustellen. Aber eines musste sie vorher noch erledigen: »Steckst du bitte gleich den anderen Riegel ein, damit du ihn am Montag untersuchen kannst?«

Gernot verzog das Gesicht. »Was soll dann Sandra denken, wenn sie das sieht?«

Eva seufzte. »Ich habe zwei mitgebracht. Du kannst ihr ja einen als Überraschung servieren.«

»Gute Idee. Und jetzt komm her.«

Eine kleine Weile kuschelten sie auf dem Sofa, aber Eva wollte nicht richtig in Stimmung kommen. »Was ist denn los mit dir?« Gernot klang mehr ärgerlich als besorgt. »Ich habe mich so auf diesen Abend gefreut.«

Eva stand auf. »Ich öffne eine Flasche Wein, dann geht es mir bestimmt gleich besser. Und während der Wein lüftet, dusche ich noch einmal. Mach du es dir inzwischen bequem.«

Sie mühte sich eine Weile mit dem Korkenzieher ab, ging dann ins Bad, und als sie – nur mit einem Badelaken bekleidet – zurück ins Wohnzimmer kam, lag Gernot auf der Couch, hochrot im Gesicht, japsend und zog am Kragen seines Hemdes, als müsse er jeden Augenblick ersticken.

»Was ist denn los?«, fragte Eva.

Gernot grinste, aber sein Grinsen wirkte absolut kläglich. »Ich habe einen Mordsständer. Genau wie in meiner Jugend. Aber mein Herz rast. Ich glaube, wenn wir jetzt nicht gleich anfangen, bekomme ich einen Infarkt.«

»Infarkt?« In Evas Hirn klingelte etwas, doch Gernot hatte sie zu sich gezogen, das Badelaken heruntergerissen und sich auf ihre Brüste gestürzt. »Ist dir auch so irrsinnig heiß?«, fragte er und riss sich das Hemd vom Leib.

»Eigentlich nicht.« Wenn Eva ehrlich war, dann musste sie sogar zugeben, dass sie leicht fröstelte. Aber Gernot fühlte sich wirklich heiß an. Seine Haut war so rot, als wäre er gerade einer Sauna entstiegen, sein Atem ging flach und schnell. »Ist wirklich alles in Ordnung mit dir?«

Gernot ließ sich zurückfallen. »Du kannst einem auch jeden Spaß verderben. Jetzt bin ich schon mal scharf wie Lumpi, da willst du mir eine Krankheit einreden.«

Plötzlich griff er sich ans Herz.

»Was ist? Hast du Schmerzen?«

Jetzt bekam Gernot tatsächlich keine Luft mehr.

»Ich glaube, mit mir ist was nicht in Ordnung. Ruf den Notarzt.«

Eva rannte zum Telefon und rief auf der Stelle den ärztlichen Notdienst. »Was hat er für Symptome?«, wollte der Mann am anderen Ende wissen. Eva beschrieb, was sie gesehen hatte.

»Könnte eine Herzsache sein. Der Arzt ist schon unterwegs. Versuchen Sie, den Patienten zu beruhigen.«

Eva tat, was ihr befohlen worden war, aber Gernot sackte immer wieder in eine Art Bewusstlosigkeit zurück. Sie schlug ihm leicht auf die Wangen. »Gernot, hörst du mich? Du darfst jetzt nicht einschlafen.«

Eva brach der Schweiß aus. Sie hatte wirklich Angst um Gernot, dessen Herz so raste, dass sie den Schlag unter ihren Fingern spüren konnte. Kurz überlegte sie, ob sie Sandra anrufen sollte, doch in diesem Augenblick klingelte der Notarzt. Jetzt ging alles rasend schnell. Ein Defibrillator wurde ausgepackt, und Eva sah zu, wie sich Gernots Körper unter den Stromschlägen aufbäumte. Ein Rettungssanitäter legte einen Tropf, dann sagte der Notarzt. »Er hat tatsächlich einen Infarkt. Wir bringen ihn ins Bethanien-Krankenhaus. Es wäre gut, wenn Sie ihm ein paar Sachen einpacken würden – Schlafanzug, Zahnbürste – und danach ins Krankenhaus kommen. Dann legten sie Gernot auf eine Trage und kurz darauf erschallte das Martinshorn durch die Stille Bornheims.

Eva sackte auf dem Sofa zusammen. Sie hatte sich schnell einen Morgenrock übergeworfen, als der Notarzt klingelte, und stellte jetzt fest, dass der aufgegangen war. Doch das war ihr egal. Gernot, dachte sie. Mein Gott, Gernot.

Jetzt blieb Eva nichts anderes übrig, als in ihre Sachen zu schlüpfen, schnell noch einen Herrenschlafanzug auf der Berger Straße zu kaufen, ein wenig Shampoo, Rasierzeug, einen Kamm, eine Zahnbürste und die dazugehörige Paste, dann eilte sie ins Bethanien. Gernot lag noch auf der Intensivstation.

»Es war kein Infarkt. Aber fiel gefehlt hat daran nicht«, erklärte ihr kurz darauf der Arzt, dem sie sich als Ehefrau vorstellte. »Das eigenartige daran ist nur, dass sein Herz eigentlich vollkommen in Ordnung ist. Sagen Sie, hat Ihr Mann irgendwelche berauschenden Substanzen eingenommen?«

Eva überlegte. Dann fiel ihr der Liebesriegel ein. Sie holte ihn aus der Tasche und reichte ihm dem Arzt. »Das hier. Und ich fürchte, andere, die ihn auch gegessen haben, hatten danach ebenfalls Herzprobleme.«

Der Arzt las die Zutatenliste und schüttelte den Kopf. »Ganz harmlos. Das bisschen Atropin macht nichts. Nein, an dem Riegel liegt es bestimmt nicht.« Er lächelte und legte ihr freundschaftlich eine Hand auf die Schulter. »Er hat noch immer eine heftige Erektion«, flüsterte er. »Mit Viagra sollte man vorsichtig sein. In Zukunft halbieren Sie bitte die Dosis. Und nicht mehr als einmal in der Woche. Und die nächsten acht Wochen erst einmal gar nicht.«

»Viagra?« Eva riss die Augen auf. »Aber Gernot hat noch nie Viagra genommen.«

Das Lächeln des Arztes blieb. »Sie müssen sich deshalb nicht schämen. Ihr Mann hat auch abgestritten, dass er es genommen hat. Aber die Symptome für eine Überdosis sind eindeutig: Herzrasen und Kopfschmerzen. Im schlimmsten Falle ein Infarkt. Aber das wollen Sie ja wohl nicht. Also üben Sie bitte ein wenig Enthaltsamkeit.«

Eva wusste nicht, ob sie erleichtert oder enttäuscht sein sollte. »Kann ich ihn sehen?«, wollte sie wissen.

»Ja. Aber nur kurz und regen Sie ihn bitte nicht auf.«

Leise betrat Eva das Krankenzimmer. Gernot war blass, seine Lippen hatten eine zart violette Färbung. Sie setzte sich auf den Stuhl, der neben dem Bett stand, stellte die Tüte mit den Einkäufen auf den Nachtschrank. »Wie geht es dir?«

»Bisschen flau, aber sonst eigentlich ganz gut. Hast du mit dem Arzt gesprochen?«

Eva nickte.

»Was hat er gesagt?«

»Er hat von Viagra gesprochen. Sag, hast du das wirklich genommen? Ich meine, nachdem, was das vorletzte Mal passiert ist …«

Da wurden Gernots Augen plötzlich dunkel vor Zorn. »Da denkst du, kaum kann ich einmal – ein einziges Mal – nicht, da muss ich gleich dieses Zeug nehmen? Das kannst du vergessen. Das ist keine Frau wert, nicht einmal du.«

»Um Gottes Willen, reg' dich nicht auf. Der Arzt hat dir Ruhe verordnet.« Eva erhob sich. »Dann gehe ich jetzt mal besser.« Sie verabschiedete sich mit einem Kuss auf die Wange und verließ das Krankenhaus.

Kaum war sie draußen, da rief sie auch schon ihre Freundin an. Glücklicherweise hatte Dr. Martina Wöhler heute in der Gerichtsmedizin Dienst. »Sag mal, kannst du einen Riegel für mich untersuchen?«, sprudelte Eva los.

»Ich bin doch kein Lebensmittellabor. Oder ist es so dringend?«

»Sehr dringend sogar. Ich muss auch nur wissen, ob eine bestimmte Substanz enthalten ist, der Rest ist mir egal. Kostet dich nur eine einzelne Untersuchung.«

»Wonach soll ich den gucken?«

»Viagra.« Sie hörte, wie sich Martina ein Lachen verkniff, dann sagte die Freundin. »Na dann bring mir mal das Ding vorbei. Wenn du Glück hast und mir keine neuen Fälle dazwischen kommen, kann ich den Test gleich heute Abend noch machen.«

Vierundzwanzigstes Kapitel

Eva Sandmann war kein bisschen überrascht, als Martina Wöhler sie am übernächsten Tag anrief und Evas Vermutung bestätigte: Ja, in dem Riegel war Viagra enthalten und zwar die doppelte Dosis einer normalen blauen Viagrapille. Und plötzlich ergab alles ein Bild: der überraschende Tod Günther Neumanns, die Extrakisten in Auers Büro, die merkwürdigen Leute, die an der Hintertür klopften. Zwar wusste sie noch nicht ganz genau, wer die Männer waren, die Auer auf dem Parkplatz überfallen hatten, aber das diese ebenfalls mit Viagra zu tun hatten, das konnte sie sich denken. Sie saß am Frühstückstisch, vor sich ein Blatt Papier, und dachte nach. Auer bestellte alle Riegel beim selben Lieferanten. Ein paar dieser Kartons wurden später heimlich an der Hintertür des Supermarktes abgeholt und brachten sehr viel mehr Gewinn als die, die ganz normal über das Kassenband verkauft wurden. Aber wer brachte das Viagra in die Riegel? Sie hatte von Martina Wöhler erfahren, dass es flüssiges Viagra gab. Die Gerichtsmedizinerin war der Meinung, dass jemand das flüssige Viagra auf eine Spritze zog und damit durch die Verpackung in den *Love & 6*-Riegel spritzte. – aber wer tat das? Konrad Auer? Die merkwürdigen Männer? Sie wusste es einfach nicht. Vor dem Fenster lärmten die Vögel, die Sonne schien weich und warm, und Eva hatte das unbedingte Bedürfnis, nach draußen zu gehen, sich zu bewegen und den Kopf frei zu bekommen. Denn das größte Problem hatte sie noch nicht gelöst. Sollte sie Konrad Auer anzeigen? Oder sollte sie ihn dazu bringen, sich selbst zu stellen? War in beiden Fällen ihr Job nicht akut in Gefahr? Und was geschah, wenn sie nichts tat? Sie wusste schon, dass es ihr unmöglich war, wegzuschauen. Sie hatte Jura studiert, sie war Privatdetektivin, sie konnte nicht so tun, als ob nichts geschehen wäre. Immerhin war mindestens ein Mensch zu Tode gekommen, wenn man in Günther Neumanns Fall auch nicht von Mord sprechen konnte. Eva stand auf, lockerte die verspannten Schultern. Nein, das Grübeln brachte nichts. Sie musste raus.

Eine Stunde später fuhr sie auf dem Fahrrad neben Gabriel am Main entlang. Sie betrachtete die Leute, die ihre Hunde ausführten, andere, zumeist ältere Ehepaare, die in speziellen Fahrradsachen ziemlich sportlich und ein bisschen verkniffen unterwegs waren und Gabriel und sie laut klingelnd überholten. Dazwischen schlenderten ein paar Liebespaare und junge Familien, dazu kamen noch ein paar Jogger. Es schien, als wäre ganz Frankfurt auf den Beinen. Eva radelte vor sich hin, betrachtete die Leute und genoss Gabriels Gegenwart. An einer Ausflugsschänke hielten sie an, bestellten jeweils einen großen Schoppen gespritzten Apfelwein. »Sag mal ehrlich, Gabriel, würdest du Viagra nehmen?« Gabriel schüttelte empört den Kopf, verzog den Mund und fragte: »Glaubst du wirklich, dass ich das nötig habe?« Er wirkte beleidigt. »Nein, natürlich nicht. Du doch nicht.« Eva war fassungslos darüber, dass alle Männer gleich reagierten. »Ich doch nicht! Wie kommst du dazu, so etwas auch nur zu denken!«, Zwischen den Zeilen hieß das: Ich kann noch gut ohne Viagra, und zwar immer und so oft ich mag!

»Ich frage auch nicht wegen dir, sondern wegen eines Falles, mit dem ich mich gerade befasse. Es geht um Produktfälschung, besser gesagt, um die Aufwertung eines Produktes mittels Viagra.« Gabriel merkte, dass es Eva ernst war mit ihrer Frage. »Die Potenz ist die Lebensader des Mannes«, sagte er nachdenklich. »Du kannst arm sein, du kannst erfolglos sein, du kannst sogar ein wenig dämlich sein. Solange das Lendenglühen funktioniert, fühlst du dich als ganzer Mann. Und dann stelle dir das Gegenteil vor: Du hast Geld, bist erfolgreich, aber du stehst deinen Mann nicht mehr. Schon fühlst du dich als Versager. An die armen, erfolglosen und impotenten Männern will ich gar nicht erst denken.« Er hob die Hand, als Eva leise lachte. »Lache bitte nicht. Männer denken und fühlen so. Und untereinander herrscht ein gnadenloser Konkurrenzkampf bis ins hohe Alter. Ab 50 fragt man nicht mehr, wer den längeren Schwanz hat, sondern ob man überhaupt noch und, wenn ja, wie oft noch kann. Ich glaube, nirgendwo wird mehr auf den Putz gehauen als bei dieser Frage.« Eva nickte, sie hatte es geahnt. »Was würden Männer alles tun, um so lange wie möglich noch potent zu sein?« Gabriel musste nicht lange überlegen: »Alles«, sagte er. »Und alles heißt: wirklich alles. Sie nehmen Viagra, selbst, wenn sie es nicht vertragen, wenn es Gefahren für die eigene Gesundheit bedeutet. Sie sind bereit, einen wirklich hohen Preis zu zahlen. Und das meine ich nicht nur finanziell.«

»Ist das Eitelkeit?«, fragte Eva nach, und Gabriel schüttelte den Kopf. »Nein, es ist mehr. Es geht um das eigene Bild, es geht um Identität, um Mannsein.«

»Ich wusste nicht, dass euch das so lebenswichtig ist.« »Naja, nicht allen Männern. Es gibt schon auch eine ganze Reihe von »echten Kerlen«, die genügend Selbstwertgefühl haben, um nicht auf Viagra angewiesen zu sein. Männer, die einfach cool genug sind, um zu wissen, dass es noch mehr im Leben gibt als Sex. Frauen wissen das, Männer müssen es erst lernen.«

»Hmm«, machte Eva und tippte sich nachdenklich gegen das Kinn. Sie konnte sich vielleicht vorstellen, dass Viagra für einige Männer mehr war als ein Medikament. Aber sie hatte noch immer keine Ahnung, wie sie mit Konrad Auer verfahren sollte. Ja, sie wusste nicht einmal, welchen Straftatbestand sein Handeln genau erfüllte und was genau er getan hatte. Produktmanipulation vielleicht. Körperverletzung mit Todesfolge kam wohl nicht in Frage, denn es war ja sicher niemand gezwungen worden, den aufgetunten Riegel zu essen. Sie würde sich erkundigen müssen. Einstweilen begnügte sie sich damit, die Männer in der Radfahrerschänke zu betrachten. Da war ein älterer Mann, der trug einen Helm mit Mäuseohren drauf. Nein, dachte Eva, der nimmt sicher kein Viagra. Er wird im Alter wieder zum Kind. Ein anderer sprach so laut über seine letzte Radtour auf Kuba, dass es alle anderen Leute im Lokal mithören konnten. Er saß breitbeinig am Tisch, den Oberkörper zurückgelehnt und grinste über das ganze Gesicht. Eindeutig ein Viagra-Typ, dachte Eva. Dann fand sie ihre Betrachtungen plötzlich langweilig. Sie hatte noch immer keine Ahnung, wie sie am Montag mit Konrad Auer verfahren sollte. Anzeigen und den Arbeitsplatz verlieren oder schweigen, und damit riskieren, dass noch mehr Männer starben? Im Grunde war sie sich jetzt schon sicher. Sie würde ihn anzeigen. Und sich gleich anschließend einen neuen Job besorgen. Aber sie war nicht mehr die Jüngste. Würde sie überhaupt noch jemanden finden, der sie einstellte? Jemanden, der ihr hin und wieder ein paar Tage zusätzlich frei gab, wenn es etwas zu ermitteln gab? Sie blickte Gabriel an, und für einen Moment lang wünschte sie sich, doch noch mit ihm verheiratet zu sein. Sich nie mehr Sorgen machen müssen, wie die Miete bezahlt wurde. Im Januar genügend Geld für alle Versicherungen haben. Mal eine Reise machen können. Nach New York, zum

Beispiel. Sie griff über dem Tisch nach seiner Hand und lächelte ihn an. »Was ist?«, fragte Gabriel und drückte einen Kuss auf Evas Hand. »Du siehst mit einem Mal nachdenklich aus.«

»Ich habe mich gerade gefragt, ob es ein Fehler von mir war, deinen Heiratsantrag im Café nicht anzunehmen.« Eva hatte ein Lächeln erwartet, aber Gabriel blieb seltsam ernst. »Nein«, sagte er. »Das war kein Fehler. Du hattest recht. Es ging mir auch darum, nicht mehr einsam sein zu müssen. Ich bin so gern mit dir zusammen, dass ich am liebsten Tag und Nacht neben dir verbringen würde. Aber ich kann dich nicht mit einem goldenen Ring an mich fesseln. Das habe ich inzwischen begriffen. Du bist eine Frau, der ihre Freiheit unglaublich wichtig ist. Das war schon immer so. Und ich hoffe, das ändert sich nie.« Wieder nahm er Evas Hand und küsste sie, und jetzt lächelte auch Eva. »Du hast recht mit allem, was du sagst. Ich habe mir nur einen kleinen Augenblick der Schwäche gegönnt. Dem Wunsch danach, beschützt und versorgt sein.«

»Mach dir deshalb keine Gedanken, Liebes. Solange es mich gibt und ich etwas zum Essen auf dem Tisch habe, wirst du auch nicht hungern, und mein Dach wird auch dich vor Regen und Kälte schützen. Wir gehören zusammen. Vielleicht nicht auf die übliche Art und Weise, aber eben doch zusammen.«

Eva musste schlucken. Das war eine der schönsten Liebeserklärungen, die sie je erhalten hatte. Wir gehören zusammen. Und plötzlich war sie getröstet, fühlte sich umsorgt und gesichert. »Danke«, flüsterte sie. Und in diesem Moment wusste sie auch, was sie am nächsten Tag im Supermarkt *Vollkorn* zu tun hatte. Sie würde Konrad Auer von ihren Erkenntnissen berichten. Und dann würde sie ihm einen Tag lang Zeit geben, sich selbst bei der Polizei anzuzeigen. Und erst, wenn er das nicht tat, würde sie reagieren. Ihren Job würde sie in jedem Fall los sein. Sie würde Unglück bringen über Auers Frau Lena und ihre beiden Töchter. Aber vielleicht war dieses Unglück am Ende für etwas gut. Sie jedenfalls konnte nicht mit dem Gedanken leben, dass irgendwer sich noch durch den Riegeln umbrachte.

Fünfundzwanzigstes Kapitel

Am nächsten Morgen kam Eva nur schwer aus dem Bett. Sie war noch sehr lange bei Gabriel geblieben. Sie hatten zusammen gekocht und danach den Tatort im Fernsehen geschaut. Eigentlich hätte sie gern bei ihm übernachtet, hätte gern »verheiratet« gespielt, weil sie die Sicherheit und Geborgenheit so gebraucht hatte, aber das wäre eine Lüge gewesen. Und sie hatte sich vorgenommen, weder Gabriel noch sich selbst jemals wieder zu belügen. Ob das gelang, das wusste sie nicht.

Sie stand auf, dachte an das Gespräch mit Auer und spürte ein leichtes Unwohlsein. Doch als sie im Supermarkt *Vollkorn* ankam, war nur Frau Gundermann da und gerade dabei, das frische Obst und Gemüse in die Auslage zu räumen. »Guten Morgen«, schmetterte Eva fröhlicher, als ihr zu mute war.

»Morgen.« Der Gruß kam müde und lustlos.

»Was ist denn mit dir? Ist irgendetwas passiert?«, wollte Eva wissen.

»Du meinst, außer dass sich unser Chef für heute Vormittag entschuldigt hat? Er müsse noch etwas erledigen.«

Eva wunderte sich: Hatte auch Auer am Wochenende nachgedacht? Aber wieso denn? Er wusste ja noch nichts davon, dass Eva hinter seinen Viagra-Ring gekommen war.

»Und mit dir? Was ist mit dir?«, fragte Eva die Kollegin.

»Ach nichts.« Frau Gundermann winkte ab und warf eine Sellerieknolle nicht gerade sanft in die Stiege. »Ich hatte mich so auf den Samstag gefreut. Ein Wochenende allein ohne Kinder. Ich dachte, es würde wieder so werden wie früher, weißt du? Irgendwie romantischer als sonst. Ich meine jetzt nicht Champagner und Kaviar. Sondern einfach zusammen kochen, Wein trinken und dann …« Frau Gundermann brach ab.

»Aber?«

»Naja, ich habe ein halbes Dutzend Riegel mit nach Hause genommen, aber nichts ist passiert. Und Volker meinte nur, dass er das Zeug nicht mehr anrühren würde.«

Eva hielt den Atem an. Sie ahnte schon, was jetzt kam.

»Lass mich mit den Riegeln in Ruhe«, sprach Frau Gundermann weiter. »Lieber bezahle ich dir einen Callboy, als dieses Zeug noch einmal zu nehmen«, hat mein Volker gesagt. Oh, Mann, ich bin so sauer, das kannst du dir gar nicht vorstellen.«

»Volker hat recht. Er sollte die Riegel wirklich nicht mehr essen. Zumindest nicht die, die er nicht hier im Laden gekauft hat.«

»Wieso? Ich dachte, wir hätten endlich etwas gefunden, das unser Liebesleben aufpeppt. Und jetzt warnst du sogar davor?«

»Gernot ist auch im Krankenhaus. Mit Herzrhythmusstörungen nach dem Verzehr eines Riegels, den ich hinten aus einem Karton im Büro genommen habe.«

Frau Gundermann sortierte Möhrenbunde der Größe nach in die Auslage. »Und warum Gernot? So langsam verstehe ich gar nichts mehr.«

»Pass auf, und rege dich bitte nicht gleich auf!«, bat Eva Sandmann.

»Ich soll mich nicht aufregen? Worüber soll ich mich nicht aufregen?« Frau Gundermann hatte die Arme vor der Brust verschränkt und blickte Eva stirnrunzelnd an.

»Die Riegel im Laden sind ganz harmlos. Aber es sind noch andere Riegel im Umlauf. Riegel, die mit flüssigem Viagra vermischt sind.«

»*Was?*« Frau Gundermann riss die Augen auf.

»Ja. Und Viagra wird deshalb vom Arzt verschrieben, weil es nicht alle Männer vertragen. Für solche mit einer Herzvorerkrankung können sie tödlich sein. Außerdem gibt es verschiedene Stärken. Nimmst man mehr, als man verträgt, macht das Herz bei manchen nicht mehr mit. Ansonsten bekommen einige Männer starke Kopfschmerzen davon. Ich nehme an, dein Volker hat seinen ersten Riegel bei Herrn Neumann gekauft. Er hat hier im Stadtteil die Dinger vertickt.«

Frau Gundermann sah aus, als wisse sie nicht, ob sie lachen oder weinen sollte. »Der Neumann war ein Viagra-Dealer? Das ist ja ein Ding.«

»Allerdings. Und wahrscheinlich hat dein Volker nach dem ersten Riegel gemerkt, dass er ihn nicht besonders gut verträgt und wollte deshalb nicht mehr ran.«

Frau Gundermann schluckte und starrte eine halbe Minute vor sich auf den Boden. Dann warf sie den Kopf in den Nacken. »Und du meinst, die Riegel kamen von Auer? Er hat das Viagra dort hinein gespritzt?«

»Das weiß ich nicht genau. Ich weiß nur, dass manchmal ein Mann ein paar Kisten an der Hintertür des Supermarktes abgeholt hat. Und das in dem Riegel, den ich aus dem Büro genommen habe, eindeutig Viagra drin gewesen ist. Ich habe das untersuchen lassen.«

Jetzt sank Frau Gundermann blass auf eine leere Kartoffelstiege. »Mein Volker«, sagte sie mit weit aufgerissenen Augen. »Mein Volker hätte sterben können!«

»Bitte beruhige dich doch. Es ist ihm ja nichts geschehen. Schau, mein Gernot liegt im Krankenhaus«, sagte Eva und fragte sich dabei, wann Sandra von dem »Unfall« ihres Mannes gehört und wie sie darauf reagiert hatte. Sie beschloss, gleich in ihrer Frühstückspause Gernot anzurufen.

Frau Gundermann kämpfte unterdessen mit den Tränen. »Warum hast du mich nicht gewarnt? Warum hast du nichts gesagt?«

»Das habe ich doch. Ich weiß erst seit gestern, was in den Riegeln enthalten ist. Und heute Morgen war es das Erste, das ich dir erzählt habe. Eben weil ich nicht wollte, dass Volker etwas passiert. Außer dir weiß es kein Mensch.«

Frau Gundermann, puterrot im Gesicht und mit Schweißperlen auf der Stirn, hatte Eva gar nicht zugehört, sondern zeterte weiter: »So etwas gehört angezeigt. Das ist versuchter Mord, jawohl.« Noch ehe Eva etwas erwidern konnte, klopfte jemand energisch gegen die Ladentür. »Es ist acht Uhr durch«, hörte sie die Stimme von Frau Neumann. »Macht ihr heut gar net uff?«

Eva ließ Frau Gundermann stehen und eilte ins Büro, um den Schlüssel zu holen. Dabei warf sie einen Blick in die Ecke, in der am Freitag noch der halbvolle Karton mit *Love & 6*-Riegeln gestanden hatte. Jetzt war die Ecke leer.

Frau Neumann war die erste, die in den Laden stürmte. »Ei, kaum ist die Katz aus der Tür, da tanze die Mäusche uff'm Tisch.«

Eva grüßte nur und setzte sich hinter ihre Kasse 3. Hätte sie gewusst, was jetzt gleich passierte, dann hätte sie Frau Gundermann zur Bank geschickt. Oder ins Lager, um die Konserven zu zählen. Oder gleich nach Hause. So aber sprang Frau Gundermann hinter ihrer Kasse hervor, baute sich vor Frau Neumann auf und schrie so laut, dass es im ganzen Laden zu hören war: »Ihr Mann ist ein Mörder. Beinahe hätte es meinen Volker erwischt.«

»Wie?« Frau Neumann hielt sich die Hand hinter das Ohr, als glaubte sie den Worten nicht, die eben durch den ganzen Supermarkt gehallt waren.

»Jawohl«, wiederholte Frau Gundermann. »Ihr Mann hat doch in ganz Bornheim die Riegel mit dem Viagra vertickt. Ein Dealer, das war Ihr Günther. Ein Viagra-Dealer.«

Frau Neumann wich einen Schritt zurück und betrachtete Frau Gundermann, als wäre die nicht ganz gescheit. »Ei, was schwätze Se denn da? Mein Günther, ein Dealer? Des glaab isch ja jetzt net.« Sie hob den Finger und trat ganz dicht an Frau Gundermann heran: »Über die Tote soll man net schlescht schwätze. Aber was Sie hier mache, des is üble Verleumdung.«

Aber Frau Gundermann ließ sich nicht bremsen. »Ihr Mann hat meinem Mann das verruchte Zeug verkauft. Jawohl. Dafür gibt es Beweise. Unseren *Love & 6*-Riegel mit der doppelten Dosis Viagra darin.« Sie zeigte dabei auf den Korb mit den Riegeln, der hinter der Kasse stand.

Eigentlich hatte Eva aufstehen und die Gemüter beruhigen wollen, doch ein Kunde beugte sich dicht zu ihr und fragte leise: »Ist das wahr? Ist da Viagra drin? Und das gibt es rezeptfrei bei Ihnen? Wie viele kann ich denn auf einmal kaufen?«

Eigentlich hatte sie abwarten wollen, weil Eva genau in diesem Moment begriff, dass gerade ihre Probleme von anderen gelöst wurden. Jetzt stand nicht mehr die Frage zur Debatte, ob sie Konrad Auer anzeigen sollte oder nicht, sondern eher, wie sie die aufgebrachten Gemüter so beruhigen konnte, dass sie Konrad Auer nicht lynchten.

»Ey, des glaab isch jetzt net«, kreischte Frau Neumann los. »Sie wolle die Polizei rufe? Na, dann mache sie ma. Dann erzähle ich dene nämlich, was hier im Laden für Schweinereie passiere. Denn die Riggl komme ja schließlich all von hier, oder net?«

Das verschlug Frau Gundermann für einen Augenblick die Sprache. Für einen Augenblick, den Frau Neumann wunderbar zu nutzen wusste.

»Un wer sacht mir denn, ob Sie des net aach gewusst haben? Ob Sie net mit dene annere unner ane Decke stecke!«

In diesem Augenblick hielt es Eva nun doch nicht mehr hinter ihrer Kasse. Sie sprang auf. »Jetzt beruhigen Sie sich doch bitte erst einmal, meine Damen. Vielleicht könnten Sie das Problem hinten in der Personalküche klären.« Sie fasste Frau Neumann behutsam beim Arm, doch die resolute Witwe schüttelte sie einfach ab. »Des is Rufmord. Jawoll, Rufmord. Des lasse ich net auf meim Günther sitze. Un schon mal gar net, wo des jetzt halb Bornheim gehört hat.«

Es war zu spät. Frau Neumann hatte recht. Schon halb Bornheim wusste von dem heimlichen Viagra-Ring. Der Einzige, der noch ein Liedchen der Unschuld pfeifen konnte, war Konrad Auer. Hilfesuchend blickte sie sich nach der Tür zum Büro um. Und tatsächlich. Da stand Auer. Leichenblass hielt er sich am Türrahmen fest. Eva Sandmann ließ die beiden keifenden Frauen allein und ging zu ihm. Er hielt ein Medizinfläschen in der Hand. »Es ist Zeit, reinen Tisch zu machen«, sagte sie leise. Und Konrad Auer nickte, reichte ihr die braune Tinktur mit der Aufschrift »Viagra« und schaute auf seine Uhr. »Mein Anwalt wird in einer halben Stunde da sein. Und danach gehen wir gemeinsam zur Polizei.«

Was danach geschah

Konrad Auer wurde zu einer Geldstrafe und einem Jahr Bewährung verurteilt. Eva fand, dass der Richter sehr milde war, aber eigentlich wunderte sie das nicht, denn auch er war ein Mann in den Fünfzigern und man erzählte sich, dass er eine 20 Jahre jüngere Geliebte hatte. Der Überfall spielte bei der Verhandlung keine Rolle, nur Günther Neumanns Art des Direktvertriebes wurde erwähnt.

Außerdem übergab Konrad Auer die Geschäftsführung des Supermarktes *Vollkorn* an Frau Gundermann. Und diese war so froh über den recht ordentlichen Mehrverdienst pro Monat, dass sie die Ängste um ihren Volker recht schnell vergaß.

Die größte Strafe aber für Konrad Auer war die Einrichtung eines Kundenbeirates, zu dem ihm der Verband der Einzelhändler für zunächst drei Jahre verpflichtet hatte. Und Frau Neumann hatte sich um den Vorsitz beworben – und gewonnen. Und da Frau Neumann alles im Leben sehr ernst nahm, kam sie jeden Tag, den der liebe Gott werden ließ, und verlangte die Übersicht und Auskunft über alles, was im Laden vor sich ging. Die *Love & 6*-Riegel hatte sie als erstes aus den Regalen verbannt. »Sodomm und Gomorrha is des Zeusch«, hatte sie gesagt. »Ka Wunner, des die Leut da uff die komischste Idee' komme. Mir sin jedenfalls ä anschdändischer Lade'.«

Dennoch kamen die Leute noch Monate später in den Supermarkt und wollten rezeptfreies Viagra kaufen. Manche fragten sogar nach Sexspielzeug, andere nach Latexkostümen. Auer, der zwar nicht mehr Geschäftsführer, aber noch immer

Inhaber war und als solcher jeden Tag im Laden, während Frau Gundermann wie gewohnt hinter Kasse 2 saß, hatte damit begonnen, eine Umsatzerwartungsanalyse auszuarbeiten. Wenn man die Käsetheke einfach ins Kühlregal integrierte und zukünftig auf veganes Hundefutter verzichtete, fand er, dann wäre noch genügend Platz für einen »intimen Verkaufsbereich«.

»Meinen Sie nicht auch, Frau Sandmann?«

»Und ob«, hatte Eva geantwortet. »Darf ich bitte dabei sein, wenn Sie diese Idee der Vorsitzenden des Kundenbeirates unterbreiten?«

Danke, Danke …

Ein herzliches Dankeschön an alle die, die mir bei diesem Roman geholfen haben. Dazu gehören in erster Linie Jochen Schneider, der unermüdlich und immer wieder korrigiert hat, was ich tagsüber zu Papier gebracht habe und immer dann eine Idee hatte, wenn ich auf der Leitung stand.

Frau Prof. Hartmann-Hanff hat mir viel über die alteingesessenen Bornheimer Familien erzählt und mich mit Frau Neumann vertraut gemacht.

Dr. med. Hanff hat mir bei allen medizinischen Fragen von A wie Aneurysma bis Z wie Zittern nach Viagra geholfen.

Ein Dankeschön auch an Pamela Oberender, die mir die Fragen beantwortet hat, die nicht einmal im Internet zu finden sind.

Meine Lektorin, Frau Felicitas Müller, hat mit mir gutgelaunt und offen für alles vegane Cafés besucht und war auch sonst immer da, wenn ich sie gebraucht habe.

Dem Herrn Verleger, Roland Apsel, verdanke ich nicht nur den Namen der Hauptfigur Eva Sandmann, er war auch der Geburtshelfer und Ideengeber der ersten Stunde.